나는 내 파이를 구할 뿐
인류를 구하러 온 게 아니라고

나는 내 파이를 구할 뿐
인류를 구하러 온 게 아니라고

김진아 지음

자기 몫을 되찾고 싶은 여성들을 위한 야망 에세이   바다출판사

들어가며

'내가 이렇게 긍정적이고 낙관적일 수 있다니!'

'10년 뒤가 막 궁금하고 기대되다니!'

20년째 온라인에서 '시니걸cynigirl'이란 아이디를 쓰고 있는 사람에게 이건 획기적인 변화다. '시니컬'이란 단어가 사람으로 태어나면 이렇지 않을까?' 싶은 사람이 바로 나였다. 누구보다 냉소적, 비관적이고 세상 모든 것에 대한 비판과 비난을 숨 쉬듯 하던 사람이 "노오오오력이 필요하다!" 같은 이명박 전 대통령 자서전에나 나올 법한 얘기를 진지하게 한다는 건 분명 사건이다. 더욱 놀라운 건 이 사건이 한국 여성들 사이에, 진도의 차이가 있을지 몰라도, 동시다발적으로 일어나고 있다는 사실이다.

이럴 땐 스마트폰이 고맙다. 이 기술을 손에 쥔 덕분에 나와 비슷한 깨달음을 얻은 이들을 발견할 수 있게 됐으니까. 그 숫자가 얼마나 많은지 눈으로 확인하게 됐으니까. TV에선 보도하지 않는 뉴스와 증언을 실시간으로 공유하게 됐으니까.

5

그러니까 이것은 나의 이야기이자 2016년 강남역 살인 사건 이후 계속해서 진행 중인 한국 여성의 집단 각성에 대한 기록이다. 한국 역사상 처음으로 등장한 페미니즘 대중화 물결을 두고 대통령 직속 정책기획위 보고서는 '20대 여성의 집단 이기주의 감성'이라 애써 폄하했지만 이런 반응역시 현재 20대 여성들이 조직화, 세력화를 잘하고 있다는 걸, 여자의 각성이 남성 중심 국가에 위협적이라는 걸 보여줄 뿐이다.

가슴속에 끓어오르던 의문의 퍼즐 조각들이 맞춰질수록, 전혀 상관없어 보이던 문제들이 한 지점을 가리킬수록 동시에 또렷해지는 것이 있다. 태어난 이후부터 쭉 내가 가부장제 중독자로 살아왔으며 여전히 중독 상태라는 것. 지금 나는 리햅rehabilitation에서 이 글을 쓴다. 각종 약물, 알코올 중독자들은 리햅에서 치료와 재활의 과정을 거친다. 나 역시 의존성, 회피성 이성애 중독의 시간이 길었던 만큼 독기를 빼는 재활의 시간을 통과하고 있다.

중독을 끊어내는 건 쉽지 않다. 차라리 '나는 중독자가 아니야!' 부정하는 편이 쉽다. '이 정도는 괜찮아. 내가 이용할 수 있어!' 같은 자기합리화의 유혹도 완전히 떨쳐버리기 힘들다. 그래서 더욱 자기 위안, 정신 승리의 작은 꽃밭에 안주하지 않고 각성의 길을 떠나는 야망 있는 여성들에게 존경을 보내게 된다. 맹렬하게 성장하는 그들을 보며 질투는커녕 때론 실패하고 욕먹더라도 나도 정신 차리고 또 노력해야지 다짐한다. 어른이니까. 선배니까. 여기에 이렇게 적어두고 노력하다 보면 나의 말과 삶이 일치하는 날이 곧 오겠지. 여자 인생 마흔부터잖아? 늦지 않았다고!

정치적으로 올바르고 모든 소수자와 표현의 자유를 지지하며 남녀를 떠나 공정한 판단을 하는 '멋진 나'에 취했던 때가 있다. MTV, 온스타일, 넷플릭스로 이어지는 미국 팝컬처를 먹고 자란 사람이라면 빠지기 쉬운 백인 중산층 리버럴 판타지다. 아마 탈혼과 유사 경력단절을 통해 경제적 위기감과 여성으로서의 자기 인식을 절박하게 느끼지 않았다면 지금도 '멋진 나' 캐릭터에 골몰했을 수 있다.

페미니스트랍시고 그런 헛소리를 책으로 내지 않을 수 있어 다행이다. 대신 과거의 헛발질에 대해 솔직하게 고백, 반성하는 기성세대의 모습을 보여주고 싶었다. 온건하지만 치열하게 살아왔다고 해서 그걸로 나의 선택이 정당화되는 건 아니라고 말하고 싶었다.

성공한 여성 멘토도 젊은 여성들에게 충고하는 데 있어 조심스럽다. 뭐라고 해도 욕먹고 안 해도 욕먹기 때문이다. 그래서 나오는 말이 "누구의 말도 듣지 마. 너 하고 싶은 대로 해."

좀 무책임하다. 할 얘긴 해줘야 한다. 하고 싶은 대로 하는 건 좋지만 그 전에 자신의 욕망이 정말 자신의 것인지 의심해보라고, '멋진 나' 플레이에 빠져 결국 남자 좋은 일 하는 건 아닌지 생각해보라고 말이다. 큰 힘에 큰 책임이 따르듯 큰 야망엔 큰 노력이 따라야 한다는 말도 덧붙이고 싶다. 노력으로 채워지지 않은 텅 빈 야망은 오히려 독이다.

김지은 전 비서관, 서지현 검사, 심석희 선수, 박수연 대표, 강경윤 기자…… 교육과 정보와 야망과 용기까지 장착한 여성들이 이미 한국의 오늘을 바꾸고 있다. 10년 뒤 한국은 더 바뀔 수 있다. 당신과 내가 바뀌길 선택하면. 나는 어느 때보다 낙관적이다.

2019년 3월 한남동에서
김진아

차례

밖으로 나온 자기만의 방

광고 카피라이터로 일하면서 펍에 이어 카페를 오픈했다. 열심히 준비한 만큼 운도 따라줘서 SNS나 잡지 등을 통해 알음알음 알려지고 있다. '대표' 직함이 찍힌 명함을 꽤 일찍부터 가졌던 나를 두고 사람들은 성공한 여성이라고 생각한다. 남자들의 그것처럼 스케일이 크고 물질적 부가 따르는 건 아니지만 워낙 여성이 뭔가를 독립적으로 하기가 어려운 나라라 이 정도의 작은 '성취'도 '성공'이 된다. 최근에는 언론이나 출판업계에서 회사를 관두고 독립서점 같은 혼자만의 작은 공간을 여는 것이 대안인 양 다루면서 '성공'한 나에게 경험담을 요청하는 경우가 있다.

"독립을 꿈꾸는 20대, 30대 여성에게 필요한 이야기를 해주세요."

　그럴 때마다 고민이 된다. 여기서 '필요한' 이야기는 대개 '사람들이 듣고 싶어 하는' 이야기를 의미한다. 광고를 업으로 삼은 사람으로 팔리는 이야기가 좋은 이야기의 필요조건이라는 것도 모르는 바 아니다. 예고하건대, 나의 이야기는 2, 30대 여성들이 듣고 싶어 하지 않는 이야기가 될 것이다. 그럼에도 굳이 하는 이유는 내가 좀 더 어렸을 때, 한참 회사를 다닐 때, 누가 이런 얘기를 해줬으면 어땠을까 하는 아쉬움이 크기 때문이다. 임신과 출산이 그렇듯 정말 여자에게 필요한 정보들은 걸러지고 차단되고 미화된다. 경제적, 사회적 자립을 꿈꾸는 젊은 여성들이 생애 과정에 따라 맞닥뜨릴 현실 또한 마찬가지다.

　울프소셜클럽Woolf Social Club. 내가 운영하는 공간의 이름이다. 커피 향과 파이 굽는 냄새와 재즈로 가득 찬, 겉으로 봤을 때 우아하기만 한 이 카페가 문을 열기까지 그 뒤에 얼마나 거대한 무력감과 절박함이 있었는지 소리 내어 말한다면 주변 사람들조차 놀랄 것이다. 그때까지 쌓아온 전문 직업인으로서의 이미지 때문에 이 사실을 입 밖에 낼 수 없다는 것이 우울을 더했다. 일단 나 스스로 내게 닥친 상황을 받아들이기 힘들었다. 일이 무엇보다 중요했고 잘해왔던 내게 일이 없어지는 순간이 오다니.

몇 년 전 동업자와 함께 첫 번째 공간을 오픈했을 때만 해도 이것이 경력단절로 이어질 줄은 예상치 못했다. 당시 나는 CF프로덕션의 공동대표였고, 그 프로덕션에서 진행한 캠페인으로 대한민국 광고대상 '대상'을 받기도 했다. 광고를 만들면서 얻은 경험과 노하우를 살려 새로운 판을 벌려볼까? 가외 수입도 얻고? 가벼운 마음으로 시작한 내 작은 가게는 그때까지와는 완전히 다른 세상이었다. '비기너스 럭beginner's luck'이란 게 정말 있는지, 경리단길 샛골목 2층에 문을 열자마자 사람들이 물밀 듯 밀려들었다. 2013년 여름은 본격적 불황과 자영업 폭발이 있기 전이었다. 일손이 모자라 매일 새벽까지 테이블 사이를 뛰어다녀야 했지만 힘든 줄 몰랐다. 십 몇 년을 남의 브랜드 대리인으로 일하다 처음으로 갖게 된 내 브랜드에 정신없이 빠져들고 말았다.

3년의 시간이 화살처럼 지나갔다. 가게에 집중하는 만큼 자연스럽게 본업에 소홀했다. 무엇보다 업계인들과의 관계 유지에 손을 놓고 있었다. 그 사이 TV에서 유튜브로, 올드 미디어에서 뉴미디어로 세상의 무게중심은 완전히 옮겨갔다. 기업들이 앞다투어 광고 예산을 줄이면서 업계 전체에 일가뭄이 들었다. 인맥 관리나 영업을 하지 않아도 알아서 들어오던 일들이 차차 줄어들었다. 프리랜서로 전향한 상태였던 나는 갑작스러운 변화에 당황할 수밖에 없었다. '일 잘한다고 소문나 있으니 시간이 지나면 나아지겠지' 마음을 다독여보았지만 상황은 그대로였다.

동시에 내 작은 가게에는 젠트리피케이션의 광풍이 몰아닥쳤다. 한적한 경리단길 골목에 펍을 오픈하고 외지인과 미디어를 불러들인 나도 젠트리피케이션에 일조했다는 편이 맞다. 오래된 주택가가 빠르게 상가로 바뀌는 동안 월세는 더 빠르게 치솟았다. 동네는 떴지만 내가 좋아하던 동네는 사라지고 경쟁만 치열해졌다. 서울에서 자영업은 결국 건물주와 부동산업자만 이기는 게임이란 걸, 체력과 경력이 바닥나고서야 배웠다. 안정적 수입이 필요해진 나는 재취업을 시도했다. 회사를 관두면서 다시는 돌아가지 않겠다고 다짐했지만 뭐라도 해야 했다. 여기저기 전화를 돌리고 이력서를 넣었다. 돌아온 반응은 비슷비슷했다.

"경력이 너무 많네요."

그사이 내 나이 앞자리는 3에서 4로 바뀌어 있었다. 연차도 연봉도 부담스러운 위치가 돼버린 것이다. 아무리 일 잘하고 커리어가 좋아도 팀장 자리를 누구의 라인도 아닌 나같은 여자에게 내어줄 곳은 없었다. 조직 내에서 열심히 일하던 여성도 40대가 되면 밀려나는 것이 남성중심적 기업구조다. 조직이라는 최소한의 안전망도 없는 프리랜서는 말할 것도 없다. 남성은 전성기가 40대에 시작되는 데 비해 여성은 40대에 '한물간'이란 수식어를 달거나 아예 언급도 되지 않는다. 송은이처럼 탁월한 재능을 가진 여성조차 방송국 내에서 기회를 얻지 못하고 1인 미디어로 자체 해결하는 일은 이런 현실을 단적으로 보여준다.

경력단절에 대한 위협은 늘 먹잇감을 노리는 하이에나처럼 여성의 주위를 맴돌고 있다. 임신과 출산을 하든, 인맥 서클에서 주변부로 밀려나든, 단지 나이가 들든, 조금이라도 연결고리가 약해지는 순간 여지없이 덮쳐온다. 당사자가 되기 전까지 나 역시 방심 혹은 자만하고 있었을 뿐이다. 나는 일로 모든 걸 해결해왔다. 일을 통해 사람을 만나고, 관계를 맺고, 능력을 인정받고, 사회적 발언권을 얻었다. 일은 경제적 자립을 넘어 나를 나로 존재하게 해주었다. 그런 일이 사라진다는 건 내가 사라진다는 의미였다.

처음엔 한없는 우울에 빠져들었다. 내가 부족해서 실패했다는 자책감, 손끝 하나 까딱할 수 없는 무력감, 나아질 미래가 없다는 데서 오는 자살 충동까지. 욕구란 걸 되찾기까지 1년 넘는 시간이 걸렸다. 난생처음 정신과 상담과 처방전 도움을 받았다. 하지만 더 도움이 되었던 건 주위 여자들이었다. 힘들다 소리 못하는 한 인간이 죽을힘을 내어 구조 요청했을 때, 선뜻 안아주고 이야기 들어주었던 그들이 없었다면 어떻게 됐을지 상상하고 싶지 않다.

서서히 오기가 차올랐다. 몸값을 깎고 작은 회사에 들어가 광고 일을 계속할 수도 있었지만 그러고 싶지 않았다. 남자 입사 동기들은 이제 간부가 되고, 교수로 초빙되는데 나더러 마흔 넘자마자 반투명인간이 되라고? 너무 불공평하잖아? 구조가 등 떠미는 대로 순순히 그림자가 되고 싶지 않았다. 성적 대상화와 후려치기를 번갈아 당하며 맘껏 소비되던 2, 30대 여자가 40대가 되면 갑자기 시야에서 사라진다. 직장은 물론 광고에서도 드라마에서도 찾아보기 힘들다. 아내나 엄마 같은 가부장제 입맛에 맞는 역할을 제외하고는 다뤄지지 않는다. 특히 가부장제에서 이탈한 여성이 행복하게 살아가는 모습은 책 읽는 여자 아이돌만큼이나 체제 위협적이므로 검열의 대상이 된다.

'보란 듯이 살아남겠다!'

내가 알아서 퇴장하길 바라는 세상에 대고 시위를 하기로 결심했다. 내가 할 수 있고 잘하는 방식으로 존재를 드러내자. 저들 눈앞에서 계속 얼쩡거리고 시끄럽게 떠들자. 지워지기를 거부하는 나의 투쟁과 생존 자체가 콘셉트가 되게 하자. 이것은 내 개인의 이야기이자 여성 보편의 이야기이기도 하니까.

그렇게 두 번째 공간이 세상에 나오게 되었다. 이번엔 동업이 아닌 온전한 나의 가게. 가게 이름은 버지니아 울프에서 따왔다. 울프의 《자기만의 방》이 나온 지 90년이 지난 지금도 매달 500파운드와 자기만의 방을 갖기 위한 여성들의 싸움은 변함이 없다. 우리는 그것을 아직 충분히 갖지 못했고 간신히 가진 뒤에도 언제든 다시 빼앗길 위험에 대비해야 한다. 전 세계적 양극화, 불황과 함께 성차별이 더 극명해질수록 여자들의 밥그릇 싸움도 더 치열해질 수밖에 없다.

이런 기울어진 운동장에서 생애 단계마다 싸움을 계속할 힘을 얻을 공간이 여성에겐 필요하다. 호사스러움을 즐기며 새로운 가능성을 상상할 힘을 얻을 공간, 안전한 느낌 속에서 목소리 높여 삶을 이야기할 수 있는 공간이면 더욱 좋다. 고독하지만 고립되고 싶지 않은 개인들이 모이는 울프소셜클럽은 밖으로 나온 '자기만의 방'이다.

평소엔 혼자 자신을 채우러 오는 손님들이 많지만 가끔 다양한 분야의 여성 프리랜서들이 모여 네트워킹을 한다거나, #MeToo 시위 뒤풀이를 한다거나, '비혼의 방은 집이 될 수 있는가'에 대한 토론을 벌이기도 한다. 어떤 이슈를 다루든 마이크는 여자의 몫이다. TED나 자기계발 강의처럼 매끄럽진 않아도 서로의 존재를 보여주고 서로를 발견하는 것만으로도 충분한 임파워링이 된다. 헤어질 때 주고

받는, 눈으로 단단하게 악수하는 느낌으로 알 수 있다.

'가부장제를 거부하는 여자의 완전한 독립은 가능할까? 그것도 존엄 있게?'

울프소셜클럽은 이것에 대한 실험이자 투쟁의 현장이다. 이곳에선 나도, 당신도 혼자가 아니다.

야망이 여자를 살린다

서울에서 대학 생활, 직장 생활을 하며 만난 사람들 중에 대구 출신 남자는 많다. 대통령부터 정치인, 학자, 기업가 등 여러 영향력 있는 인물을 배출한 권력의 도시답다. 하지만 대구 출신 여자는 드물다. 웬만해선 딸을 서울로 유학 보내지 않기 때문이다. 아무리 설명해도 서울 친구들은 이해하기 힘들 것이다. 보수적이고 가부장적인 대구에서 나와 내 언니가 얼마나 특별한 경우였는지, 얼마나 운이 좋았었는지. "내 인생 가장 큰 복은 교육열 높은 부모님을 만난 거야!" 나는 입버릇처럼 말하곤 한다.

아빠는 고등학교 선생님이었다. 엄마도 둘째인 나를 낳고 그만두기 전까지 고등학교 선생님이었다. 외할아버지

역시 장학사까지 지낸 교육자였고, 친할머니는 입주 가정
교사를 들일 만큼 큰아들 아빠의 교육에 열성적이었다. 교
육열 높은 게 전혀 이상할 것 없는 환경이었다. 우리 집에
아들이 없다는 것만 빼면.

사립 남고에서 근무했던 아빠는 빨간 스카프를 휘날리며
오토바이를 타고 다니는 멋쟁이였다. 학교에서 진학·입
시 담당이었는데, 공부 잘하는 아이들을 소위 SKY대에 많
이 보내는 것 역시 책임 중 하나였다. 대구에서 좋은 학군
에 속하지 못한 아빠 학교 학생들은 대체로 가난했다. 하지
만 대학 간판 하나만으로도 사다리를 올라갈 수 있는 시대
였다. 아빠의 청춘은 가난하지만 똑똑한 남자아이들을 '개
천용'으로 만드는 데 갈아 넣어졌다. 젊고 멋있고 가르치
는 데도 열정적이었던 아빠는 인기가 많았다. 덕분에 방학
마다 서울에서 내려온 예비 의사, 법조인, 한의사들로 작은
우리 집은 북적였다.

그들이 놀러 왔을 때의 아빠 모습이 선명하게 기억난다.
아직 초등학교도 들어가지 않은 언니와 나를 앉혀놓고 이
오빠는 서울대 무슨 과에 들어갔고, 저 오빠는 연세대 무슨
과에 들어갔는지 빠짐없이 소개해주었다. 학원도 과외도
없던 그 시절 대학생들은 스물에도 어른 태가 났다. 아빠는
어린 제자를 어른으로 대했다. 그때 아빠의 표정과 말투에

서 배어나던 자랑스러움과 애정을 나는 놓치지 않았다. '성공하려면 일단 서울의 좋은 학교에 가야 하는구나.' 다섯 살도 되기 전에 깨우친 삶의 첫 번째 교훈이었다.

대구에 살면서 우리 집처럼 딸만 있는 집을 거의 본 적 없다. 딸부잣집도 막내는 대개 아들이었다. 주위에서는 딸만 둘인 아빠를 '딸딸이 아빠'라고 불렀다. 어린 내가 듣기에도 좋은 어감은 아니었다. '동네 바보형'처럼 어딘가 부족한 사람을 놀리는 느낌이었다. 부모님도 애초에 딸만 낳기로 작정한 건 아니었다. 큰딸이 태어나고 삼 년 터울로 나를 가졌을 때 엄마의 임신 증상, 배 모양 등을 두고 "이번엔 아들이다!" 모두가 확신했다고 한다. 엄마는 일, 육아, 가사 노동과 씨름하느라 성별 감별 받을 새도 없이 출산에 임박했다.

일이 터진 건 병원에 도착한 후였다. 그때까지 RH+라고 했던 엄마의 혈액형이 검사 결과 RH-로 밝혀진 것이다. 부산 성모병원이 뒤집어졌다. RH-인 산모가 RH+인 첫째를 낳는 것은 가능하지만 또다시 RH+인 둘째를 낳는 건 극히 위험한 일이기 때문이다. 과학 시간에도 배운 적 있는 적혈모구증(적아세포증)이었다. RH- 혈액이 다량으로 필요한 응급 상황. 병원에도 미처 준비돼 있지 않아 다급해진 가족들은 부산 MBC에 연락, 뉴스 중간에 혈액 급구 소식을 내 보내기도 했다. RH- 중에서도 O형은 드물었다. 외가 식구 모두 혈액형 검사를 다시 한 결과, 가장 나이 어린 막내 외삼촌이 RH- O형으로 판명 났다. 겨우 고등학교 1학년에 체구도 작았던 막내 외삼촌의 피를 수혈받고 산모도 아기도 무사할 수 있었다.

그렇게 시끄럽게 태어난 아이는 모두의 확신과 달리 아들이 아니었다. 당시 집안 분위기가 어땠을지 짐작이 간다. 남아선호사상이 가장 뿌리 깊은 경상도 아닌가. 친할머니는 내가 처음 집에 왔을 때 한번 흘끔 보고 아랫목으로 밀어두었다고 한다. 대를 이을 손자가 없는데 맏며느리가 더 이상 아이를 가져선 안 된다는 사실에 속이 상하셨을 것이다.

그에 비해 부모님은 아들 없는 미래를 빨리 받아들였던 것 같다. 여지를 남기지 않는 명쾌한 의료 상황이 도움이 됐을 수도 있다. "딸 아들 구별 말고 둘만 낳아 잘 살자!" 부모님은 7, 80년대 산아제한 구호 그대로, 하지만 대구에선 찾아보기 힘든 구성의 4인 가족을 이루었다. 사실 엄마와 아빠가 각자 이 현실을 어떻게 생각하셨는지는 알 수 없다. 어쩌면 내가 짐작하는 것 이상으로 아쉬움 혹은 죄책감을 느꼈을 수도 있다. 하지만 딸들에게는 내색하지 않으셨다. 흘러가는 말도 "집에 아들이 있어야 하는데" "네가 아들이었어야 했는데"라는 말을 들은 기억이 없다. 딸에게 흔히 하는 "여자가 얌전해야지" "곱게 있다 시집 잘 가야지" 같은 말도 하지 않으셨다. 부모님에게 언니와 나는 딸자식이 아닌 그냥 자식이었다.

우리 자매는 아빠의 자랑스러운 제자들을 롤모델 삼아 자랐다. 아빠 역시 두 딸이 그들처럼 서울로 뻗어나가길 기대했다. 엄마는 엄마 나름대로 독박 육아로 교사 경력이 단절된 당신의 전철을 딸들이 되풀이하지 않길 바랐다. "결혼 안 해도 된다. 능력을 키워라." 엄마는 설거지조차 시키지 않았다. 학교에 들어가서도 나는 그림에 소질이 있을 뿐 특별히 공부를 잘하는 학생은 아니었다. 집안 형편이 넉넉한 것도 아니었다. 하지만 자신감만큼은 넘쳤다. "난 서울가서 성공할 거야! 유학도 갈 거야!" 밑도 끝도 없는 나의 야망을 이해하거나 공감하는 친구는 없었다. 작은 동네, 작은 학교의 여자아이들은 대구를 떠난다는 생각조차 하지 않았다.

"만다꼬 딸아를 서울 보낼라꼬!"

저 문장 앞에 생략된 말은 '아들도 아니고'다. 당시 대구에 살던 대부분의 부모들 생각이 저랬다. 지금이라고 크게 다를 것 같진 않다. 고등학교 2학년이 되어 본격적으로 서울 진학의 뜻을 밝혔을 때 담임의 반응도 저와 비슷했다.

나보다 공부 잘하는 친구들도 대구 국립대나 사범대 정도가 목표였으니 그럴 만도 했다. 기죽거나 포기할 내가 아니었다. 그때 이미 언니는 서울 명문대 진학에 성공한 상태였다. "너도 할 수 있어!" 부모님은 나를 진심으로 믿고 끝까지 뒷바라지해주셨다.

몇 년 새 타임라인에 쏟아져 나오는 남자형제와의 차별담을 접하고 나서야 나는 딸로서 이것이 얼마나 특수한 경험이었는지 뒤늦게 깨달았다. 이렇게 많은 한국 여자들이 오빠에게 빼앗기고 남동생에게 양보하며 성장 과정에서 무기력과 포기를 체화한단 말인가? 사회에 나오기도 전에 가장 가까운 가족으로부터 이토록 후려치기 당한단 말인가? 경제력, 학력, 지역에 상관없이? SNS의 순기능 중 하나는 그동안 분리되고 묶음 처리되어온 여자, 소수자, 약자의 목소리를 연결해준다는 것이다. 안전한 나라 한국이 여자에게는 전혀 안전하지 않다는 사실을 처음 알게 된 미국 남자처럼 놀랐다. 동시에 오래된 의문 하나도 풀렸다.

'나는 왜 이렇게 여성적이지 못할까?'

유난히 야망이 컸던 나는 누군가의 여자보다 누군가가 되고 싶었다. 주위 여자친구들과 공감대를 형성하기 힘들었고 이런 경험은 내 안의 여성혐오를 증폭시켰다. 남자들과의 연애마저 덜컹거리게 만든 이 성가신 욕구는 끝내 자기혐오로 이어졌다. 야망을 갖고 위로 올라가려는 것은 여성스럽지 않은 것, 그런 여자는 남자들이 좋아하지 않는 여자, 고로 나는 여자로서 매력이 없는 여자였다. 이런 생각은 발전을 거듭해 '내가 정신적 남자가 아닐까'란 의심까지 하게 만들었다.

하지만 나는 여성스럽지 않은 것도, 정신적 남자도 아니었다. 그저 여자가 야망이 크고 그만큼 내 안의 여성혐오가 강한 것이었다. 한국에서 남자형제 있는 집 여자아이가 겪는 일상적 차별을 겪지 않았기 때문에, 가정 내 성차별로 인해 한국 여자들이 학습하기 쉬운 무기력과 포기를 이해하지 못했기 때문에 생긴 결과였다. 남자아이들이 부모님의 응원을 받으며 과장된 만능감을 키워가듯 나 또한 그러했다. 내가 남자였다면 나의 야망이 유난한 것이었을까? 중류층 부모의 기대와 지원을 받은 남자아이가 가질 수 있는 일반적인 수준 아니었을까? 더구나 이 정도의 야망을 가졌다고 해서 친구들을 혐오하지도 나 자신을 혐오하지도 않았을 것이다. 지금보다 더 빨리 더 높은 자리를 차지했을 건 말할 것도 없고.

야망은 소년들의 몫. 소녀들은 야망을 키우고 드러내게끔 키워지지 않는다. 착하고 무해해야 한다. 그래야 사랑받을 수 있다고 배운다. 하지만 그건 가부장제가 잘 굴러가는

데 필요한 여성성일 뿐이다. 우리가 말하는 '여성성'은 대개 그럴 확률이 높다. 그러니까 야망이 큰 것과 여성적이지 않은 것은 아무런 상관이 없다. 오히려 기울어진 운동장에서 고군분투하는 여자들에게 더욱 필요하다. 탁월한 재능도 재력도 없는 내가 서울에 올라와 지금껏 이런저런 일을 벌인 것도, 탈혼을 결심할 수 있었던 것도 모두 야망 덕분이다. 야망이 평범한 여자를 여기까지 오게 했다.

나는 내 파이를 구할 뿐 인류를 구하러 온 게 아니라고!

차를 몬 지 오래됐다. 지기 싫어하는 성질에다 시내버스, 택시들과 부대끼다 보니 운전이 공격적인 편이다. 워낙에 '김여사' '솥뚜껑 운전' 등 운전하는 여자 후려치기가 국민 스포츠 아닌가? '여자지만 난 달라!'라는 걸 보여주기 위해 의도적으로 더 거칠게 했던 것도 있다. 운전 중 다툼은 일상이다. 상대방이 욕설을 하면 나 역시 창문을 내리고 가운 뎃손가락을 들어 보이곤 한다. 하지만 나의 공격성을 극대화하는 이는 따로 있다. 버스 기사도 택시 기사도 아닌, 바로 나와 같은 여성 운전자. 갑자기 차를 세우거나 얌체같이 끼어들 때, 남자보다 여자인 경우 분노가 더 증폭된다. 욕설의 강도도 세진다. 나의 신체 반응이 그렇단 걸 처음 인

29

지한 순간, 온몸에 소름이 돋았다.

'여자가 더 기분 나쁘다니!'

페미니즘을 접하고 여자들이 겪는 충격 중 하나는 내 안의 여성혐오가 얼마나 크고 끈질기고 집요한지를 확인하는 일이다. 더 무서운 건 이 과정이 한두 해로 끝나지 않는다는 사실이다. 오히려 시간이 지날수록 페미니즘을 공부할수록 '식욕, 수면욕에 이어 인간의 3대 본능이 아닐까' 싶을 만큼 여혐의 뿌리는 깊다. 평소에는 자매애를 외치고 여자를 챙기지만 운전같이 인간의 공격 기제가 드러나기 쉬운 상황에선 여전히 반사신경처럼 여혐이 튀어나온다. 여자는 여자에게도 만만하고 약한 존재니까.

비슷한 문제가 생겼을 때 여자에게 더 큰 비난이 쏟아지는 건 연예인들만의 얘기가 아니다. 카페 공간을 운영하는 입장에서도 이것은 두려움으로 작용한다. 나 역시 언제든 타깃이 될 수 있기 때문이다. SNS 시대에 가게 계정 관리는 필수. 담당 직원을 따로 둘 여력이 없는 작은 가게는 사장이 직접 하는 경우가 많다. 사장의 전문성, 성실성, 센스 등이 가게의 호감도로 이어지는 건 당연하다. '여기 사람 있어요!'를 적극적으로 드러내는 것. 자본과 규모와 익명성으로 밀어붙이는 대기업 프랜차이즈에 맞서는 데 필요한 좋은 무기다.

나는 내 파이를 구할 뿐 인류를 구하러 온 게 아니라고!

소비자로서 업계인으로서 작은 가게 사장님들의 SNS를 눈여겨보게 된다. 공지사항, 새로운 메뉴, 직원 모집 등 가게와 관련된 얘기뿐만 아니라 개인의 일상, 각종 이슈에 관한 의견 등이 다양하게 올라온다. 자주 가진 못하지만 그 공간도 사장님도 친숙하게 느껴진다. 어떤 날은 그날 있었던 힘든 일, 속상한 일을 풀어놓기도 한다. 자영업은 제조업이자 서비스업 아닌가? 기술과 정성과 시간을 갈아 넣어 제품을 만드는 것만큼 사람을 상대하는 것도 일이다. 때론 마찰이 생길 수 있다.

얼마 전 특색 있는 메뉴로 인기 있는 모 카페 사장님이 아쉬움을 토로한 적이 있다. 여러 가지 메뉴가 나갈 때 손님이 하나씩 최상의 상태를 맛보길 바라는 마음에 사장님은 시차를 두고 내어간다고 했다. 하지만 정작 손님들은 마지막 메뉴가 나올 때까지 안 먹고 기다렸다가 사진을 찍고, 그사이 다 녹거나 식어버린 메뉴를 보는 게 안타깝다는 내용이었다. 그걸 본 순간 머릿속에 주황색 불이 켜졌다. 요즘엔 촬영의 자유가 곧 표현의 자유인데…… 아니나 다를까 '음식 사진 찍는 거 좋아하는 사람으로서 기분 나쁘다' '내 돈 내고 내 맘대로 먹지도 못하나' 등등 반발이 이어졌다. '소비자의 음식 경험에 대한 폄하'라는 의견이 공감을 얻으면서 비슷한 질타의 글이 폭주했다. 그날 밤 그 카페는

SNS 트랜드에까지 올랐다. 사장님이 받았을 충격이 고스란히 전해졌다. 사건의 여파로 주말 동안 문을 닫는다는 공지가 올라왔을 땐 화가 났다. 이게 이 정도까지 갈 일인가? 다른 카페 남자 사장도 비슷한 문제로 입말에 오른 적이 있지만 이번과는 비교할 수 없는 수준이었다.

'사장님이 남자였다면?'

적어도 트랜드에 오르진 않았을 것 같다. 사근사근하지 않은 말투와 태도에 대한 지적도 덜 받았을 것이다. 단순히 '음식 만드는 사람'이 아닌 예민한 전문가로서 이해받았을지 모른다. 남성에게 드러낼 수 없는 공격성이 여성에겐 쉽게 표출된다. 내 손에 권력이 쥐어졌을 땐 더욱 그렇다. 그것이 일시적인 소비자 권력이라 할지라도 말이다. 카투니스트로 활동하는 여자 후배도 가짜 뉴스로 오해를 사는 바람에 사이버불링을 당한 적이 있다. 특히 그를 잘 알고 소비하는 여성 커뮤니티 내 공격이 더 집요했다고 한다. 그때의 후유증이 너무 커서 후배는 그 후로 작업이나 발언에 있어서 정치색을 배제하고 자기검열을 더 철저히 하고 있다.

여자들은 경험을 통해 알고 있다. 여자에게 가장 가혹한 잣대를 들이대는 게 여성이란 사실을. 2015년 페미니즘 대중화 이후 여성을 타깃으로 활동을 시작한 여성 창작자나 사업가들 역시 여기서 자유롭지 못하다. 한국 특유의 압축 성장은 페미니즘도 예외가 아니어서 논의가 빠르게 진행되는 편이다. SNS를 추동력으로 의제가 갱신되는 속도도 빠르다. 이 흐름 속에서 여성 창작자들이나 사업가들은 구조적 한계와 도덕적 무결이라는 이중 압박에 시달린다. 드러난 이름과 이미지 때문에 말도 못하고 속으로 끙끙 앓는 경우가 많다.

나도 공간을 운영하면서 '혹시 직원들과 트러블이 생기진 않을까?' '불만을 품고 나가서 공론화하진 않을까' '이 이슈에 대해 어떤 스탠스를 유지해야 도덕적으로 옳은 걸까?' 끊임없이 자신을 점검하는 데 드는 에너지가 상당하다. 내가 상대하는 여자들이 언제든 등을 돌릴 수 있단 두려움은 생각보다 크다. 야심을 갖고 앞으로 나선 여자들도 위축될 수밖에 없다.

여자라고 더 착하거나 도덕적인 존재일까? 아니다. 혹시 그렇게 느껴진다면 그건 여성이 사회적, 육체적 약자로서 권력에 더 잘 순응했기 때문이다. 여자도 얼마든지 부도덕해질 수 있다. 남자만큼 혹은 남자보다 잔인해질 수 있다. 무엇보다 페미니즘은 평화주의가 아니며 도덕성 투쟁이 아니다. 남자들에게 빼앗긴 여자 몫의 파이를 되찾는 투쟁이다. 한마디로 밥그릇 싸움이다. 먼저 이것에 대한 합의가 있어야 한다. 내 기분 좋자고, 힐링하려고, 더 멋진 나로 꾸미려고, 더 나은 남자를 찾으려고 하는 게 페미니즘이 아니라는 사실. 자기계발이 아닌 정치의 영역이라는 사실. 페미니즘이 남성 중심 사회와 가부장제를 향한 생존 투쟁이자 해방 운동이라는 기본적 합의가 이루어지면 여자들은 많은 것들로부터 자유로워진다. 답답한 브래지어를 벗어던지듯 과도한 도덕적 부담에서 벗어날 수 있다. 나는 내 파이를 구할 뿐 인류를 구하러 온 게 아니라고!

투쟁의 길이 꽃으로만 덮여 있을 리 없다. 하지만 '파이 싸움'을 이해하고 나면 여자들끼리의 대립과 갈등 국면도 새로워지지 않을까? 기왕 다투는 거 '누가 누가 더 도덕적으로 옳은지'를 가리는 대신 '이것이 여성의 파이를 가져오는 데 도움이 되는지'를 가리는 방향으로 옮겨가면 좋겠다. '기분 나쁘게 말하는 태도'보다 '파이를 던져버리는 행동'을 지적, 개선하는 쪽으로 말이다.

이렇게 되면 여자들 사이의 상호 신뢰 관계도 더 단단해질 수 있다. 내 옆의 여성이 도덕성 검열관이 아닌, 파이를 위해 함께 싸우는 동지가 된다고 상상해보라.(여자들에게 주어진 파이가 워낙 작아 서로의 것을 빼앗는 건 최악의 행위다.) 내가 밀릴 때 편들어주는 것도 동지지만 헛발질할 때 나서서 말려주는 것도 동지다. 누군가가 헛소리를 한다면 나 역

시 쓴소리를 할 것이다. 그렇다 해도 서로의 존재가 두려움
은 아니다. 기분보다 중요한 게 파이란 걸 아니까.

회사를 관둔 건 나의 선택이었을까?

.

2010년 4월 사표를 냈다. 회사 생활 10년째의 일이다. 그전에도 몇 번의 이직이 있었지만 단순히 이 광고회사에서 저 광고회사로 옮기는 수준이었고, 이때가 소위 말해 '큰 회사를 박차고 나온' 결정적 순간이었다.

　그로부터 9년. 현재 나의 직업은 프리랜서 카피라이터이자 스몰 비즈니스 오너다. 대기업 성문 밖을 벗어나자마자 토네이도에 휩쓸린 도로시처럼 정신없이 날다 도착한 곳이 지금 이 자리다. 그 와중에도 내내 떠나지 않던 질문이 있다. 떠나왔던 자리에서 점점 멀어질수록 더 끈질기게 따라붙던 질문.

　'그때 회사를 관두지 않았다면 어땠을까?'

그런데 최근 들어 이 질문의 형태가 좀 바뀌었다.

'그때 회사를 관둔 건 나의 선택이었을까?'

사표를 낸 건 나 자신이지만 어쩌면 사표 당한 건 아닐까? 이 의심이 맞다면 세상에 보여지는 나, 스스로도 어느 정도 믿었던 나, 즉 '독립적이고 진취적인 여성'의 좌표는 흔들리게 된다. 그럼 내 일 하겠다고 쿨하게 사표 던진 멋진 커리어우먼이 아니었단 거잖아? 당시 퇴사가 나의 주체적 선택이 아니었단 걸 인정하는 건 아픈 일이었다. 이걸 똑바로 마주하고 제대로 말하기까지 9년이란 시간이 걸렸다.

사표를 내기 2년 전. 나는 연차보다 빠르게 크리에이티브 디렉터로 발탁되었다. 광고대행사에서 크리에이티브 디렉터, 팀 리더가 되려면 대개 10년 이상의 경력이 필요하다. 모두에게 기회가 가는 것도 아니다. 8년 차 팀장이라니! 조직에서 파격 인사를 할 만큼 내 실력이 탁월했다면 좋았겠지만 단지 그 이유 때문만은 아니었다.

그 직전 내가 속했던 팀의 리더는 여자였다. 미혼이었고 일 욕심이 많은 사람이었다. 광고회사는 기본적으로 내부 경쟁이 치열한 곳인 데다 중요한 클라이언트의 중요한 프로젝트를 맡으려면 업무력 외에 정치력도 필수다. 몇 번 그런 일들을 맡아 해내게 되면 회사 안은 물론 밖에서도 입지를 인정받게 된다. 그럼으로써 자연스럽게 커지는 발언권과 영향력. 바쁘게 해외 촬영을 다니고 유명 CF감독들이 떠받들어주는 상황은 사람을 취하게 만든다. '내가 중요한 사람'이라는 오만은 팀장으로 하여금 각종 무리수를 두게 만들었다.

그때까지 팀장을 밑에 두고 손발처럼 부리던 본부장으로선 탐탁지 않았을 것이다. 키워줬더니 머리 좀 굵어졌다고 통제하기 어려운 상황이 돼버렸으니까. 어느 날 본부장은 나를 자기 방으로 부르더니 팀을 분리시켜주겠다고 했다. 팀원도 주겠다고 했다. 내가 팀을 맡는다는 건 기존 팀장에게서 실무를 도맡아 하던 핵심 인력을 뺏는다는 것이고, 이건 날개를 꺾겠다는 거였다. 조직은 이런 식으로 인사를 통해 메시지를 전달한다.

나로선 거절할 이유가 없었다. 여자 팀장을 제거하기 위해 나를 이용한다는 걸 알았지만 나도 본부장을, 조직을 이용할 테니까 상관없었다. 나 역시 그 팀장과 같은 처리 대상이 될 수 있다는 것까진 미처 생각 못했다. 중요한 건 그 순간 남들보다 빠르게 '크리에이티브 디렉터'가 됐다는 사실이었다. 직함 앞에 '주니어'가 붙은 게 아쉬웠지만 그것마저 얼마 안 있어 떼어버릴 자신이 있었다. 반면 팀원들을 빼앗기고 중요한 프로젝트에서도 배제된 그 팀장은 얼마 버티지 못하고 회사를 그만뒀다. 물론 그도 자기 손으로 사표를 냈다.

직급이 달라진 후 나는 미친 듯이 일에 매달렸다. 운 좋게 처음 맡은 경쟁 PT에서 이기자 본부장은 자동차, 신용카드 등 빅클라이언트 일을 툭툭 던져줬다. 마치 담력 테스트라도 하듯 '이거 해낼 수 있겠어? 그럼 이건 어때?' 초보 크리에이티브 디렉터들이 겪어야 할 통과의례라고도 할 수 있다. 사자 우리 속에 던져진 글래디에이터처럼 생존력, 전투력을 입증해 보이는 나날들이 이어졌다.

나는 기대 이상으로 잘 싸웠다. 중요한 신차 런칭과 신용카드 런칭, 타사와의 경쟁 PT 등을 연달아 해치우며 본부장은 물론 다른 조직원들을 놀라게 했다. 정신력과 체력을 적절히 안배하는 스킬 같은 건 부릴 새도 없이 모든 것을 갈아 넣은 결과였다. 어차피 취약한 인맥 관리보다 그나마 잘하는 일에 올인, 일로서 나를 증명하자는 생각이었다. 탁월한 재능을 가진 여성조차도 조직 내 끌어주는 인맥 없이는 장기적으로 배제된다는 사실 역시 당시엔 알지 못했다. 회사 생활을 10년 가까이 했으면서도 모르는 게 너무 많았다. 자신들의 이익이 걸린 진실의 순간에 '보이즈클럽'이 얼마나 똘똘 뭉쳐 그들만의 리그를 지켜내는지도 내 문제가 되기 전까진 몰랐다.

업무 성과는 성공적이었지만 결과적으로 본부장의 눈에

드는 데는 실패했다. 과거 팀장을 대신해 마음 놓고 부릴 수 있는 새로운 하녀를 원했던 그의 기대를 철저히 저버렸기 때문이다. 지금도 농담처럼 말하지만 내 인생이 추가적으로 피곤한 건 권력자의 눈에 들기보다 이기고 싶어 하는 기질 덕분이다. 기질이란 여간해선 고쳐지지 않고 그걸 숨길 만한 요령도 없었다. 고분고분하지 않은 여자, 할 말을 하는 여자, 나아가 자신에게 위협이 될 것 같은 여자에게 남자들은 자리를 내어주지 않는다.

2년 뒤 다시 인사 시즌이 돌아왔을 때 본부장은 나와 비슷한 시기에 '주니어' 크리에이티브 디렉터가 되었던 남자를 정식 팀장으로 올렸다. 그간의 업무 퍼포먼스에 있어서 나와는 비교가 되지 않는 사람이었다. 나에게는 아직 연차가 낮으니 다시 팀원으로 돌아가 기회를 기다리라고 했다. 팀장에서 다시 팀원이 되라고? 대체 무슨 근거로? 그 남자가 나이가 많고 자식이 있어서? 아니면 내가 하녀가 되기를 거부해서? 그 순간엔 이중 어느 것도 묻지 못했다.

받아들일 수 없는 제안이었다. 아니, 받아들일 수도 있었다. 받아들이는 사람도 있을 것이다. 하지만 나는 아니었다. 일에 모든 것을 쏟아부었고 그만큼 성과를 냈던 사람으로서 자존심이 허락하지 않았다. 어쩌면 본부장은 이런 나의 기질을 꿰뚫고 있었을 것이다. 이런 제안을 했을 때 내가 스스로 걸어나가리란 것도 알고 있었을지 모른다.

다음 날 사표를 냈다. 당연히 본부장은 붙잡지 않았다. 그전부터 나를 눈여겨보고 함께 일하고 싶어 하는 곳이 있었던 터라 단숨에 결정해버렸다. 그나마 조직이, 시스템이 지켜주는 최소한의 안전망도 없는 야생의 세계에 발을 내딛는 것임에도 결정을 하기까지 하루도 걸리지 않았다. 왜 아무에게도 조언을 구하지 않았을까? 왜 혼자서 감당하려 했을까? 더 신중했어야 하는 판단이었지만 그 상황에서 나를, 내 존엄을 구하자는 조급함만 앞섰다. 일단은 이 지옥에서 벗어나자. 이런 생각을 하며 오늘도 많은 여성들이 외롭게 사표를 낼 것이다. 사표를 당하는지도 모른 채.

쫓기듯 혹은 쫓겨나듯 10년을 일한 조직에서 독립한 지 9년. 저들은 여전히 그들의 성을 쌓고 있고 성 밖의 나는 아직도 거의 매일 곱씹는다.

'그건 나의 선택이 아니었어.'

포기하지 않기를 선택했다

결혼, 정확히 결혼이란 이름의 가부장제에서의 탈출은 온전한 나의 선택이었다. 그 사실만큼은 그때나 지금이나 변함없고 운이 좋았다고 말하고 싶다. 마음속에서 이미 선택을 끝냈지만 행동으로 옮길 수 없는 수많은 여성들을 우리는 알고 있다. 누구에게도 이혼은 쉬운 선택이 아니다. 상대적으로 쉬울 수 있었던 건 순전히 내가 가진 경제력 때문이었다. 경제력이래 봤자 월급이 전부였지만 선택을 실행하는 것이 가능한 수준이었다. 만약 나와 비슷한 소득이 있다면 얼마나 많은 여자들이 다음 날 아침 결혼을 박차고 나올지, 남자들은 감히 상상도 할 수 없을 것이다.

서른다섯에 결혼을 했다. 한국 기준으로도 꽤 늦은 편이다. 하지만 지금 나의 기준으로는 충분히 늦지 않았다. 가부장제의 실체에 눈뜨기 전이라면 서른이든 마흔이든 결혼하기엔 이른 나이다. 직업적 지식과 경험은 쌓았을지언정 막상 여자에게 결혼이 어떤 제도인지는 모르는 헛똑똑이. 그게 나였다. 스니커즈 하나를 사도 눈이 빠지도록 검색하고 공부하면서 왜 결혼에 대해서는 그럴 생각을 못했는지. 아마 결혼 제도보다 결혼 상대에게 빠져 있었기 때문이리라. 숲을 보지 못하도록 나무에만, 사랑에만 집중하도록 평생 미디어의 조련을 받은 탓도 있다.

'(지금까지 만났던) 한국 남자 같지 않아.'

그와 결혼을 결심한 이유는 단순했다. '한남'이란 용어가 유행하기 훨씬 전이었지만 일반적인 한국 남자, 권위적이고 보수적인 남자에 대한 거부감이 컸다. 그런 남자들과 그는 달랐다. 달랐다고 믿었다. 정치적 성향과 타고난 반골 기질이 나와 닮은 사람, 세상의 다양한 이슈에 대해 끊임없이 대화할 수 있는 사람, 나의 재능과 성취를 존중하고 독려해주는 사람, 꾸밈없이 나를 드러내도 괜찮은 사람. 이런 사람이라면 결혼이란 걸 해도 되지 않을까? 뭣 모르고 운동권 선배와 결혼한 여자 선배라도 주위에 있어서 "좌파라고 다를 것 같으냐!" 호통을 쳐줬다면 좋았겠지만 아쉽게도 여성 네트워크가 부족했다.

서른 중반까지 미혼이었다고 해서 결혼 압박에서 자유로웠던 건 아니다. 한국은 가족은 물론 사회 전체가 합심해 결혼을 할 때까지 전방위적으로 사람을 압박한다. 독신 여성을 '싸움에서 진 개' 취급하는 분위기 속에서 초월적 태도를 유지하기란 쉽지 않다. '중산층에 진입하고 싶다면 더 늦기 전에 경제공동체를 이뤄야 할걸?' 이런 조급증도 잊을 만하면 마음 한구석에서 고개를 쳐든다. 그리하여 사람을 만나기 위해 이런저런 루트를 개발하고, 상대에게 나의 매력을 어필하고, 연애로 이어질지 말지 촉각을 곤두세우고, 결혼할 만한 상대인지 가늠하고. 딱히 비혼 선언을 하지 않은 사람에게 '싱글 라이프'란 이런 식의 '결혼 활동'이 기약 없이 계속된단 뜻이다.

경쟁에서 밀리지 않기 위해 퇴근도 주말도 없이 투우 소처럼 일하던 나는 어느 순간 결혼 활동에 소모되는 그 모든 정신적, 신체적 에너지가 아깝게 느껴졌다. 광고회사, 특히 업무 강도가 센 제작팀엔 비혼 여성이 적지 않다. 결혼을 통해 사회생활의 조력자를 얻는 남자들과 달리 여자들은 결혼과 함께 조력 노동까지 추가될 뿐이다. 그러다 보니 광고와 결혼 중 일을 선택하는 여성이 꽤 있다. 사내의 비혼 선배들을 보면서 저렇게 되고 싶지 않다는 생각을 했다. 페미니스트가 되기 전 나 역시 세상과 비슷한 편견으로 그들의 불행을 예단했다. 잘 알지도 못하면서.

　일에 치여 더 이상 누군가를 만나기도 힘든 상황에서 오래전 입사 동기였다가 돌고 돌아 회사 동료로 함께 일하게 된 그와 급속도로 가까워졌다. 당시 막 크리에이티브 디렉터가 된 나는 업무와 업무 스트레스로 질식사하기 직전이었다. 팀원들과 공유할 수 없는 불안과 불신, 상사와 클라이언트에 대한 불만을 토로할 사람이 절실했던 내게 그는 좋은 버팀목이자 귀가 되어주었다. 액션 영화 속 목숨이 위태로운 상황에서 사랑에 빠지는 어리석은 주인공 같았달까? 회사 일이 미쳐 돌아갈수록 우리의 동지애는 더욱 단단해졌다. 연애에서 결혼식까지 채 1년이 걸리지 않았다.

　줄곧 광고를 만들다 보니 결혼도 경쟁 PT 치르듯 했다. 동시 입장, 여성 주례, 결혼식에 바로 이어진 피로연 등 남과 다른 '크리에이티브한 결혼식' 그 자체에 매달렸다. 정작 중요한 결혼식 이후의 삶에 대해선 냉정하게 전망하지 못했다. 어디서 그렇게 긍정 에너지가 솟아올랐을까? 결혼을 함으로써 소모적인 결혼 활동도, 지긋지긋한 원룸 생활도 끝낼 수 있다는 사실에 눈이 멀었다. 스무 살에 올라와 이리저리 떠돌던 서울에서 그만 정착하고 싶었다. 그와 함께라면 다른 조건 좋은 남자들을 만났을 때의 위축되는 느낌 없이 나답게 살 수 있을 것 같았다. 계산은 고작 여기까지였다.

　실질적 결혼 생활은 2년 남짓 지속되었다. 외도, 폭력, 사업 실패 등 어떤 사건사고도 없었다. 일일드라마 속 별난 시댁도 없었다. 지극히 평범한 한국적 결혼 속에서 나를 뺀 모든 이들은 순식간에 적응해갔다. 몇 번의 명절과 각종 집안 행사를 거치는 동안 며느리라는 위치에 불응하는 건 나 하나뿐이었다. 결혼은 기본적으로 여성의 굴욕감을 카펫처럼 바닥에 깔고 간다. 부부 관계가 아무리 평등하다 해도 사회적 가장의 자리를 남자에게 넘겨주는 가부장제 자체가 이미 여성이 이등 시민임을 전제하는 제도다. 똑같이 나가 일을 하고 돈을 버는데도 고스란히 여자에게 쏠리는 가사노동만큼이나 이 굴욕감을 끝내 받아들일 수 없었다. 지금도 식은땀이 나는 건, 그 와중에 더 나이 들기 전에 출산을 해야 할 것 같아 병원까지 다녔다는 사실이다. '결혼했으니 아이 하나쯤 낳는 게 좋지 않을까?' 딱 이 정도 무른 생각이었다. '내 유전자를 남기고 싶다'는 욕구조차 느껴본 적 없는 나 같은 여성도 움직이게 만들다니. 관습의 관성이란 얼마나 무서운지!

　그러다 병원에서 임신이 아님을 확인한 날, 번개 맞은 듯 깨달았다. 내가 진심으로 기뻐하고 있음을. 아이 때문에 이 결혼에 묶이지 않아도 된다는 사실에 깊이 안도하고 있음을. 이날의 깨달음과 고정 월급을 동력 삼아 가부장제에서 탈출하기로 결심했다. 혹자는 이 정도 갖고 이혼하면 남아나는 결혼이 없다고 할 것이다. 남들 다 그 정도는 감수하고 사는데 뭐 그리 유별나냐고 할 것이다. 맞다. 이 정도는 참고 살 수도, 포기할 수도 있다. 일본 사회학자 우에노 치즈코는 "관계를 포기한 여자와 관계에 둔감한 남자의 조합"이 일본의 부부 생활을 유지한다고 말한 바 있다. 엄마와 언니를 포함, 내 주변의 거의 모든 기혼 여성들에게도 같은 말을 들었다. 농담 아닌 농담으로. "포기하는 게 속 편해."

무엇을 위해 무엇을 포기한단 거지? 아파트, 자식, 노후, 제도적 보호, 정상성…… 결혼으로 얻는 것이 무엇이든 나는 포기하기 싫었다. '82년생 김지영'처럼 '며느라기'처럼 관계를, 존엄을, 나를 조금씩 포기해야만 유지되는 게 한국의 결혼이라면 굳이 이 제도가 존속할 필요가 있을까? 누구의 이득을 위해서? 결혼의 수혜자가 여성이 아닌 것만큼은 분명해 보였다. 이건 상대의 문제가 아니다.

그렇게 나는 탈혼을 선택했다. 포기하지 않기를 선택했다.

무급 노동이 싫어서

"왜 그렇게 일이 중요한가요?"

취업을 준비하거나 막 일을 시작한 여성분들께 가끔 듣는 질문이다. 잘 보셨다. 일은 나에게 무척이나 중요하다. 어쩌면 인생 최우선순위라고 할 수 있다. 이렇게 말하면 대단히 일 욕심이 많거나 일중독일 거라고 오해하는데 아니다. 확실히 아니다. 잘 숨겨와서 그렇지 천성이 게으른 편이다. 일의 완성도에 관해선 완벽주의자 근처도 못 가는 평판주의자쯤 된다. 내 이름을 걸고 하는 일이니 부끄럽고 싶지 않은 정도지 날밤을 새며 예술혼을 불태우거나 하진 않는다는 뜻이다. 그럼에도 불구하고 내게 일이 중요한 이유는 질문자가 겸연쩍을 만큼 간단하다.

"집안일이 싫어서요."

나는 집안일을 하지 않기 위해 바깥일을 하는 쪽을 택했다. 농담이 아니다. 이때 집안일은 임신, 출산, 육아로 이어지는 결혼 루트를 택했을 때 피할 수 없는 핵심 과제인 가사 노동, 돌봄 노동을 통칭한다. 독박 육아로 홧김에 사표를 내고 다시는 교단에 서지 못한 엄마와 일하는 아주머니를 쓰면서도 끝까지 회사에 다녔던 이모를 보면서 어린 나는 깨달았다. 일을 관둔 여자에겐 더 많은 집안일이 돌아가는구나! "엄마처럼 살기 싫어"라고 외쳤던 딸들이 엄마처럼 살게 되는 가장 큰 이유는 집안일에서 벗어나지 못하기 때문이야. 나는 저 티도 안 나고 사람들이 알아주지도 않는 집안일을 최대한 하지 말아야지.

그러기 위해선 확실한 직업과 커리어가 필요했다. 여자가 집안일을 등한시해도 죄책감을 느끼거나 욕먹지 않을 만큼 충분히 그럴듯한, 집안일을 아웃소싱하고 남을 만한 돈벌이 말이다. 바깥일을 핑계로 집안일을 하지 않아도 되는 건 남자뿐이다. 여자는 바깥일을 해도 집안일을 외면할 수 없다. 온라인 쇼핑, 아웃소싱으로라도 해결해야 한다. 맞벌이 부부 중 아내와 남편이 집안일을 '더치' 하는 집이 얼마나 될까? 그래도 여자가 돈을 벌면 직접적인 가사 노동을 최소화하고 계획 및 진행 노동 정도로 막을 수 있다.

돈을 벌지 않으면? 집안일 개미지옥에서 빠져나올 수 없다. 그러니 일이 중요할 수밖에!

다시 결혼하지 않는 것도, 동거를 하지 않는 것도 같은 이유다. 남자와 한집에 살 때 어떤 식으로든 여자에게 더 돌아오는 집안일로부터 나를 보호하기 위해서다. 물론 혼자 살아도 가사 노동은 필수적이다. 하지만 마음껏 아웃소싱할 수 있고 눈치 볼 필요 없이 매일 같은 메뉴를 먹을 수도 있다. 스스로 노동의 양과 질과 시기를 조율하므로 부당함과 억울함이 없다. 참고로 나는 이틀에 한 번꼴로 카프레제 샐러드를 먹은 지 5년 이상 되었다. 질 좋은 치즈와 토마토로 영양을 섭취할 수 있고, 무엇보다 조리 과정을 최소화할 수 있기 때문이다. 남자와 함께 산다면 가능한 일일까?

게다가 난 집 밖에서 집안일을 차고 넘치게 하고 있다. 자영업, 내 작은 가게 말이다. 특히 '먹고 마시는 장사'는 가사 노동 그 자체다. 자영업 폭발 시대에 이제 웬만한 사람은 카페나 식당 운영이 결코 우아하지 않다는 걸 안다. 끊임없이 뭔가를 준비하고, 만들고, 치우고, 씻고, 계획하고, 채워 넣어야 한다. 내가 만든 것들은 내 손을 떠나자마자 누군가의 입속으로 사라진다. 오픈할 때부터 마감할 때까지 부산을 떨지만 그 모든 수고는 결국 아무 일도 일어나지 않은 상태, '0'으로 돌아가기 위함이다. 아웃풋이 쌓일 수 없는 노동이 날마다 영화 〈사랑의 블랙홀〉처럼 반복된다. 집안일도 그렇다.

순간적인 집중력과 창의력이 강한 대신 끈기 부족으로 장기 레이스에 취약한 편이다. 매번 새로운 제품, 새로운 브랜드인 광고 일이 잘 맞았던 건 이런 성향 덕분이다. 무한반복적인 집안일을 유난히 싫어하는 것도 나의 기질과 연관이 있다.

이렇게 집안일이 싫어서 필사적으로 바깥일에 몰입했던 사람이 유사 집안일, 즉 가게 일을 지속할 수 있는 이유는 무엇보다 돈이다. 그것 말고 뭐가 있겠는가! 가사 노동과 달리 가게 노동은 돈을 벌 수 있다. 회사처럼 명절 보너스도, 연말 인센티브도 없지만 그래도 몸을 움직여서 버는 정직한 돈이다. 유사 집안일로 돈을 버는 시간이 길어질수록 실제 집안일에 투입되는 시간은 짧아진다. 돈 안 되는 일에 나의 노동력을 소진하고 싶지 않기 때문이다. 요즘엔 집에서 에어프라이어 버튼만 간신히 누르는 정도다. 이것도 내가 비혼 여성이기에 가능한 일이다.

그 많은 식당, 병원, 도시락업체, 급식업체 주방에서 일하는 기혼 여성들은 상황이 다르다. 우리 집에 오시는 청소 도우미 아주머니처럼 그들은 집에서도 쉴 수 없다. 남편과 자식들이 입을 벌리고 기다리고 있다. 퇴근하면 또 다른 노동이 시작될 뿐이다. 집 밖에서 하면 최저시급이라도 받지 집 안에서는 같은 일도 철저하게 무급이다. 한국의 눈부신 경제 발전의 뒤축은 한국 여성의 무급 노동이 떠받치고 있다고 믿고 있다.

남자의 얼굴을 한 국가는 여자들이 닥치고 그들의 그림자가 되어 그림자 노동을 제공하길 바란다. 결혼은 그것을 가능케 하는 가장 쉽고 편한 방편이다. 이성애, 모성애, 가족애 등 각종 사랑이라는 명분으로 그럴듯하기까지 하다. 그렇게 여자들을 가부장제 속에 몰아넣고 갈아 넣은 결과가 2018년 세계 최저 출산율이다.(0.97명, 2018년 2분기) 저개발국가도 아니고 1인당 GDP가 3만 3천 달러에 이르는 개발국가의 사상 최저 출산율이 말해주는 건 뭘까? 그 국가의 개발은 여성 착취로 이루어졌다는 것과 그 국가의 여성 인권은 전혀 개발되지 않았다는 것이다. 출산 정책 관련 부서는 지난 13년간 153조를 쏟아붓고도 여전히 이 근본적인 원인을 모르는 듯하지만 인구의 절반을 차지하는 여자들은 다 알고 있다. 여자의 무급 노동을 착취해서 이룰 수 있는 개발과 성장은 끝났다는 걸.

며칠 전 시골로 내려가 은둔하는 어느 명예교수의 '외톨이 생활 두렵지 않다!'는 인터뷰를 봤다. 방문한 기자에게

"부인이 직접 만든 음료를 내왔다"는 대목에서 실소가 터졌다. 월든 호숫가에 오두막을 짓고 살았던 소로의 밥과 빨래를 엄마가 해줬다는 얘기를 들었을 때와 비슷한 허탈함이었다. 최근엔 새로운 능력이 생겼다. 누가 박사학위를 받았다거나 작품을 완성했다거나 수상을 했다거나 하면 그 남자가 대단해 보이는 게 아니라 그 남자 주변의 여자들이 보인다. 얼마 전까지만 해도 보이지 않던 유령 같은 존재들이다. 소로의 엄마 같은 엄마일까? 고독사를 꿈꾼다는 교수의 아내 같은 아내일까? 아님 여자친구? 남자가 자기 일에만 몰입할 수 있도록 식단 짜고 장 보고 요리하고 씻고 쓸고 닦고 빨고 종일 주변에서 조용히 움직이던 그 여자는 누굴까? 가사 노동 외 비서 노동을 한 여자도 많겠지? 지금껏 역사에 기록된 수많은 업적과 성취들 또한 그렇게 가능하지 않았을까? '보이지 않는 손'의 돌봄을 받고?

뛰어난 인물들뿐이랴. 일터에서 나와 경쟁하는 평범한 기혼남들, 결혼 후 멀끔해진 그들에게도 하나씩 배당된 마법의 손. 솔직히 나도 그 '보이지 않는 손'을 갖고 싶다. 이런 마음을 도시 남자들은 "나랑 결혼해줄래?"라고 표현한다. 국내 수급이 어려운 농촌 남자들은 동남아에서 수입해온 지 오래다. 국가는 거기에 돈을 지원한다. 예전 같으면 "나도 아내가 있었으면 좋겠다!"고 한탄했겠지만 아내라는 이름으로 다른 여성을 착취하는 일임을 이제는 안다. 한 여성-엄마의 노동을 이만큼 무급 착취했으면 충분하다.

자기 손으로 돈 벌어 눈치 보지 않고 쓰는 기쁨은 값으로 매길 수 없다. 어떤 조명보다 그를 빛나게 한다. 이를 위해 여성의 노동엔 반드시 제값이 매겨져야 한다. 기업과 사회가 합심해 고용차별, 임금차별 콤보로 여성의 돈줄을 조이고 결혼, 즉 무급 그림자 노동으로 내몬다 하더라도 일베, 불법촬영과 싸우며 전사로 성장한 한국 여자들이 순순히 협조하진 않을 것이다. 출산불매 다음은 결혼불매다.

여자에게 돈을 쓰자

울프소셜클럽의 원두를 교체했다. 전에 쓰던 원두에 문제가 있었던 건 아니다. 이름만으로도 사람들이 신뢰하는 꽤 유명한 곳이었고 실제로 맛도 괜찮았다. 바꾼 이유는 따로 있다. '써야 하는 돈이라면 여자에게 쓰자'는 다짐을 실천하기 위해서다. 카페에서 커피가 차지하는 비중이 큰 만큼 원두값이 매달 적지 않게 나간다. 나는 그 돈이 실력 있는 여성 로스터에게 가길 바란다. 그리하여 그 여성이 일을 지속할 수 있도록.

자영업의 달에 착륙하고 나면 월급생활자의 눈에는 보이지 않던 달의 뒷면을 보게 된다. 맛집을, 핫플레이스를 소비만 했을 땐 몰랐던 실체적 진실들. '회사는 장사에 비하면 꽃놀이다' '자영업은 결국 건물주와 인테리어업자 배 불리는 일이다' 등은 가장 먼저 배우는 것들이다. 그다음엔 '국가가 분명히 작동한다'는 사실을 분기마다 세금을 납부하면서 알게 된다. 어느 정도 일이 익숙해지면서 느끼는 것이 또 하나 있다.

'외식업계에서도 여자는 푼돈을 버는구나.'

2017년 국세청 자료에 따르면, 여성 개인 사업자 비율은 40.6%다. 신규 창업자 중 여성의 비율은 48.3%에 이른다. "여자 사장이 이렇게나 많다고? 역시 여성 상위 시대!" 같은 말은 넣어두자. 이 숫자는 여성의 사회 진출처럼 착시에 가깝다. 여성 취업자 수가 증가했다고 해도 고용은 대기업이 아닌 중소기업, 각종 서비스업에 집중되어 있다. 실질적으로 취업률을 견인하는 건 50대 이상 중장년층이다. 이는 소득이 낮아 남성이 기피하는 일자리에 여자들이 몰려 있다는 의미다.

여성 창업도 비슷한 양상이다. '잘나가는 대기업을 박차고 나와' 스타트업에 뛰어든 이들이 간혹 스포트라이트를 받긴 하지만 대부분은 취업난 혹은 경력단절의 출구로서의 창업이다. 자본과 기술이 없는 상황에서 선택하는 업종도 숙박, 음식점 같은 생계형이 주를 이룬다. 그중에서도 카페는 여성들이 가장 선호하는 창업 형태였다.《우리 까페나

할까?》란 책과 함께 홍대 앞에서부터 확산된 '내 작은 카페 판타지'는 강력했다. 하지만 요샌 '동네 카페 여자 사장님'을 예전만큼 찾아보기 힘들다. 대기업까지 카페 사업에 뛰어들면서 판세가 완전히 달라졌기 때문이다. 각종 프랜차이즈와 자본을 등에 업은 기업형 카페들 틈에서 독립카페는 웬만해선 살아남기 힘든 상황이 되었다. 커피만 맛있게 내려 팔아서는 치열한 경쟁과 가성비 싸움에 월급도 못 가져갈 확률이 높다.

여기서도 남녀 성비 차이는 두드러진다. 원두, 머신 등 카페에 필요한 제품의 수입, 공급, 유통을 장악하고 있는 건 남자, 바리스타나 로스터로서 권위를 갖는 것도 남자다. 한마디로 돈 되는 건 남자들의 몫이다. 어떤 업종이든 모양새는 비슷하다. 다수의 여자가 그 일에 종사할 땐 임금도, 전문성도 얻지 못하다 남자들이 진입하기 시작하면 비로소 전문가로 인정받게 된다. 셰프가 대표적이고 최근엔 보험 설계사가 그렇다. 취업난으로 수가 늘어난 젊은 남자 보험 설계사들은 전문성을 강조하며 기존의 중년 여성 설계사들을 빠르게 몰아내고 있다.

다방 커피가 스페셜티 커피로 바뀌는 동안 커피업계 또한 철저하게 남성 중심으로 성장했다. 기껏해야 카페 사장 정도만 여자에게 허락될 뿐이다. 수제 맥주 브랜딩 일을 하면서도 가장 크게 느끼는 게 이 부분이다. 몇 년 전부터 한국에 불기 시작한 수제 맥주 열풍은 주류 소비 트렌드를 바꿔놓았다. 내수 침체와 불황 속에서도 가파른 상승세를 보이면서 치킨집 생겨나듯 전국 각지에 브루어리가 생겨나고 있다. 돈 냄새를 맡은 투자자들은 진작에 몰렸고 카스나 하이트 같은 대기업까지 가세했다. 언론은 앞다투어 2023년에는 지금보다 다섯 배까지 성장할 거라며 판을 키우고 있다. 이 스펙터클에도 여자는 보이지 않는다. 내가 만나본 브루어리 오너, 헤드브루어, 수제 맥주 협회, 수입사 대표 중 여자는 손에 꼽을 정도다.

반면 소비는 어떤가? 책, 뮤지컬, 연극, 전시 등 다른 모든 문화 상품들처럼 카페를 열심히 찾아다니는 건 여자들이다. 밥보다 비싼 스타벅스를 애용한다는 이유로 '된장녀'란 멸칭을 얻고, 하루 커피 한잔 사먹는 대신 불우한 아동을 도우라는 압박 속에서도 여자들은 아낌없이 커피 비용을 지불하고 있다. 그것도 남자들 임금의 63%를 받으면서.

놀랍지만 한국 수제 맥주를 키운 공로자도 여성이다. 새로운 것에 민감한 여성들이 먼저 움직이고 부지런히 입소문 내주었기 때문에 붐업될 수 있었다. 한국에서 가장 큰 수제 맥주 페스티벌을 기획, 진행하는 것도 여자, 내가 맡고 있는 브랜드의 펍을 가장 즐겨 찾는 이들도 다름 아닌 2,

30대 직장 여성이다. 캐나다인 남자 CEO는 한국 여자들에게 특별히 고맙다고 말한다. 결국 여자들은 남자보다 더 적게 벌면서 남자보다 더 많은 돈을 쓰고 있는 셈이다. 주로 남자들에게.

소비자이기만 했을 땐 나 역시 이런 돈의 흐름을 의식하지 못했다. 내가 가진 거의 유일한 자기결정권에 흘려 거울 앞에서처럼 쇼윈도 앞에서 너무 많은 시간을 보냈다. '무엇을 사고 무엇을 포기할까?'에 몰두하느라 '왜 나는 이것밖에 벌지 못할까?' '왜 여자 자산가는 찾아보기 힘들까?' 같은 구조적 의문을 가질 새도 없었다. 하지만 내 가게를 운영하고 외식업계가 어떤 식으로 돌아가는지 보이기 시작하면서 달라졌다.

'내가 지금까지 누구에게 돈을 쓴 거지?'

이젠 어딜 가면 사장 관상을 본다고 말한다. 사장이 없으면 가게 이름에 '오빠'나 '총각'이 들어가진 않는지, 가게 앞에 "넌 먹을 때가 제일 이뻐" 같은 '얼평' 네온이 붙어 있진 않은지 본다. 관심 가는 공간이라면 공식 계정이나 사장의 SNS를 훑어보는 것도 도움이 된다. 미리미리 거를 수 있도록. 외국에도 비슷한 요구가 있는지, 2017년 3월부터 구글 지도 검색을 하면 여성이 운영하는 사업체에는 'Women led' 마크가 뜬다. 비건 메뉴, 애견 동반 가능 같은 요소처럼 소비자들이 본인의 신념과 선호도에 따라 여성의 사업체를 보다 쉽게 지지할 수 있도록 한 것이다.

　비단 뭔가를 소비할 때만이 아니다. 요즘 나와 내 주변 여자들은 여자에게 일 몰아주기를 실천하고 있다. 은밀하고 무해한 음모 수준으로. 행사에 여자 강사를 초빙하고, 여자 필자를 섭외하고, 여자 사진가를 부르고, 여자 보험설계사를 쓰고, 누가 소개해달라고 하면 "일을 잘해서요"라면서 여자를 추천하고, 어떻게 해서든 여자가 돈을 더 벌고, 일과 커리어를 지속할 수 있도록 서로의 사다리가 되어주는 것. 영화 〈히든 피겨스〉 속 대사처럼 누구의 도약이든 우리 모두의 도약이 될 테니까.

　다행히 나와 당신에겐 선택의 기회가 있고, 소비자로서 그 힘은 결코 작지 않다. 모이기만 하면 된다. 기왕 쓰는 돈, 여자에게 쓰자.

나는 나의 세대주다

"둘이 같이 아파트를 샀다고?!"

여자친구 두 명이 함께 살기로 했다는 소식을 들었을 땐 그리 놀라지 않았다. '지금까지 각자 혼자 잘 살다가 왜?' 정도의 의문이 들었을 뿐이다. 하지만 둘이 절반씩 부담해 아파트를 구입했다는 사실을 나중에 알았을 땐 충격을 받았다. 이 일이 단지 예외적이거나 부러워서가 아니다. 이 일이 스스로를 독립적이라 생각해온 나에게 빠져 있던 거대한 퍼즐 한 조각을 찾아주었기 때문이다.

아파트. 조용히 되뇌는 것만으로도 기분이 묘해지는 단어다. 우월감, 열등감, 안정, 안전, 프리미엄, 거품, 중산층, 대출, 투기…… 한국인의 거의 모든 회로애락을 품고 있는 이 콘크리트 덩어리에 관해 정치, 경제, 사회, 문화적으로 다양한 고찰이 이루어졌다. 하지만 그 앞에 '여성'이 붙으면 어딘가 생소한 느낌이 된다. 여성과 아파트. 특히 혼자 사는 여성과 아파트. 흔하지도 편하지도 않다. 그러고 보면 근현대사에서 '복부인'을 제외하고 여성이 아파트 소유의 주체로 부각된 적은 거의 없다. 2019년에도 '결혼할 때 남자는 집을 해간다'는 신화(실제로는 대출을 남자 이름으로 할 뿐 부부가 함께 갚아간다)가 유통되는 상황에서 여성에게 아파트는 어떤 의미일까? 나에게 아파트는 어떤 의미일까?

아파트는 나를 서울로 이끈 원동력이었다. 초등학교 5학년 되는 해, 살고 있는 주택 바로 옆에 거대한 아파트가 들어섰다. 여자대학 캠퍼스 부지에 세워진 이 아파트는 아마도 대구 최초의 대규모 프리미엄 아파트 단지일 것이다. 이 아파트 이후 대구의 아파트 건설 붐이 시작되었다고 해도 과언이 아니다. 담 하나를 사이에 두고 재개발에 포함되지 못한 우리 동네 전체가 몇 년을 술렁였던 걸 기억한다. 어린 나이에도 이 변화가 심상치 않았다. 매일 뛰어다니던 나의 운동장이자 탐험 지역이자 아지트가 신기루처럼 사라져 버렸다. 우리 집 대문 옆 작은 방에 세 들어 살던, 날 귀여워 해주던 대학생 언니도 떠났다. 그리고 이 모든 상실감을 압도한 감정은 예리한 계급의식이었다.

"우린 저기로 못 가는 거죠?"

엄마에게 물어보지 않아도 알 수 있었다. 우리 집과 아파트 사이엔 벽 하나밖에 없지만 저 벽은 잭의 콩나무처럼 높구나. 저걸 오르려면 사다리가 필요하겠구나. 아파트는 세상 물정 모르던 소녀의 한쪽 눈을 뜨게 해주었다.

중고등학교 시절엔 온통 이 작은 동네를, 대구를 벗어나겠다는 생각뿐이었다. 기왕이면 안전하고 검증된 사다리를 얻고 싶었고 그러려면 좋은 학교에 가는 방법밖에 없었다. 맹목적인 상승욕과 부모님의 교육열에 힘입어 마침내 서울의 대학에 진학했다. 그렇게 집안의 기둥뿌리를 뽑으며 올라온 서울. 하지만 그토록 짝사랑했던 서울은 나를 반기지 않았다.

눈만 돌리면 아파트숲이지만 서울에 막 입성한 지방 출신 여자아이에게 허락된 공간은 대학가의 허름한 원룸이 전부였다. 그나마도 언니와 나눠 써야 했다. 대치동 재수학원에서 만난 친구들은 강남에서 나고 자라고 같은 학교를 다닌 그들만의 리그가 얼마나 공고한지를 일찌감치 가르쳐주었다. 그들 앞엔 사다리가 아닌 엘리베이터가 놓인 듯했다. 대구에서 곧장 강남 한가운데 뚝 떨어진 사건은 자신만만했던 '레이디 버드'의 날개를 시작부터 꺾어놓았다. 나의 사투리가, 짝퉁 청바지가 부끄러웠고 그걸 부끄러워한다는 사실이 또다시 부끄러웠다. 나보다 딱히 재능이 뛰어나지도 않은데 '태어나 보니 3루'인 저들이 미웠다. 동시에 저 무리에 간절히 속하고 싶었다.

대학에 입학하자 이런 불안정한 감각은 끊임없는 연애로 이어졌다. 전공의 영향도 있었다. 순수미술은 애초에 취업이 안 되고, 돈 없으면 작가나 교수가 되기 힘들고, 믿었던 나의 재능도 서울에선 별거 아닌란 슬픈 사실을 학교를 다니면서 배우게 되었다. 무엇보다 내겐 기꺼이 가난한 예술가가 될 만한 무모함, 광기가 부족했다. 원룸은 사람의 패기마저 쪼그라들게 만드는 힘이 있다. '과연 내가 가진 학력 자산만으로 이곳을 벗어날 수 있을까?'란 의심이 커질수록 '결혼'은 너무나 자연스러운 솔루션처럼 느껴졌다. 페미니즘도, 가부장제의 작동 원리도 모르던 때였다. 결혼 제도가 마음에 들지 않았지만 그 외의 다른 대안은 상상하지 못했다. 정확히는 내가 다른 걸 추구할 수 있다는 인식조차 없었다. 평생에 걸친 미디어와 환경의 세뇌는 그렇게나 강력했고 자아 찾기보다 유니콘 찾기에 몰입하게 만들었다.

치열한 경쟁을 뚫고 취업하고 난 뒤, 난생처음 매달 통장에 돈이 들어오고 애타게 기다리던 '경제력'이 생겼지만 어쩐지 내가 가진 이 '능력'은 보잘것없게만 느껴졌다. 패션지에 나오는 '매력적인 커리어 우먼'이 되기 위해 시즌마다 사야 할 화장품, 가방, 구두, 옷이 넘쳐났다. 〈섹스 앤 더 시티〉의 그녀들처럼 싱글이지만 '미저러블'하지 않고 '페뷸러스'해 보이려면 브런치도 먹고, 해외여행도 가고, 체중 및 피부 관리도 해야 했다. 월급은 항상 부족했다.

'곧 결혼할거니까 뭐.'

현재의 미혼 상태가 일시적이라는 생각은 소비를 합리화하고 죄책감을 덜어주었다. 조사에 의하면 투자를 하는 여성의 비율은 남성에 비해 현저히 낮다. 남자 입사 동기와 비교했을 때 나의 적립식 펀드 액수도 미미하기 짝이 없었다. 기본적인 주택청약예금도 들지 않았다. 이거 모아서 얼마 된다고. 곧 결혼할 거니까 뭐.

하지만 '곧 결혼할 거니까'의 '곧'은 내 예상보다 훨씬 길어졌다. 그리고 다시 가부장제에 편입되지 않을 것을 결심한 지금, '곧'은 오지 않을 시간이 되었다. 그럼에도 불구하고 여자친구 두 명이 함께 아파트를 구입했다는 소식을 듣기 전까지, 나는 내 힘으로 아파트를 사겠다는 생각을 하지 못했다. 어릴 때부터 아파트를 욕망했지만 그것은 결혼을 통해서나 얻을 수 있는 무엇이자, 얼마 안 되는 월급을 모아선 살 수 없는 어떤 것이자, '계급 상승'과 동의어였다. '나에겐 아파트를 혼자서 획득할 능력이 없다'고 스스로 믿어버렸다. 1인 가구면서도 가장의 자리를 비워뒀던 셈이랄까?

바로 이것이 나에게 빠진 퍼즐이다. 가장으로서의 자기인식. '나의 가장은 나'라는 너무나 당연한 사실. 돈을 벌고 커리어를 쌓으며 길렀다고 생각했던 주체성은 소비자로서의 주체성이지 세대주로서의 주체성이 아니었다. '집 한 칸 없이 떠돌다 객사할지 모른다.' 노후 불안의 가장 큰 부분을 차지하는 거주 문제를 해결하지 않고 여성이 결혼 제도에서 완전히 자유롭기는 힘들다. 적잖은 비혼 여성들이 버티고 버티다 만혼을 선택하게 되는 것도 이와 관련 있다. 임대아파트든, 타운하우스든, 맘 맞는 친구와 같이 구입하든, 내가 나에게 집을 마련해줄 수 있다면 이 근원적이고 고질적인 불안에서 벗어날 수 있는데. 굳이 이름 있는 강남 아파트가 아니어도 상관없는데. 나는 왜 시작부터 지레 포기하고 있었을까? 왜 스스로를 믿지 못했을까? 무엇이 내가 나를 믿지 못하도록 만들었을까?

2, 30대엔 내 욕망을 헷갈렸다. 불안을 결혼으로 해결하려 했다. 하지만 지금은 분명히 말할 수 있다. 내가 갖고 싶었던 건 언제나 남편이 아니라 아파트였다고. 이제라도 정확한 진단이 이루어졌으니 해결책도 분명해진다. 필요한 건 결혼이 아니라 적금이고 펀드고 재테크다. 세대주로서의 감각이다.

나의 첫 여혐 광고

2000년 광고대행사에 입사한 후 지금까지 수많은 광고에 참여했다. 최고급 아파트에서 씹고 버리는 껌에 이르기까지, 경험하지 않은 제품군이 드물 정도다. 전 국민적 유행 카피는 없어도 얘기하면 "아~ 그거!" 소리가 나올 만한 광고는 몇 편 된다. 어쩌면 나의 아이디어로 만들어진 첫 번째 광고를 기억하는 사람이 있을지도 모르겠다. 어느 자리에서도 굳이 밝힌 적 없는 나의 첫 광고. 지금 그 신문광고를 주변인들에게 보여준다면 무슨 말을 할까? "이게 (페미니스트라는) 네 아이디어라고?" 하며 놀랄 게 분명하다.

당시 나는 오리엔테이션을 마치고 막 정식 팀 배정을 받은 카피라이터 신입사원이었다. 경력이 오래된 남자 팀장의 팀이어서 담배나 술, 건설 같은 광고주가 주로 있었고 마침 새로운 위스키 신문광고 의뢰가 들어온 참이었다. 그때까지 위스키라곤 입에 대본 적도 없는 나도 당연히 투입되었다.

"어이 신입, 너도 아이디어 내봐!"

광고는 팀 작업이 맞지만 경쟁이기도 해서 회의할 때 팀의 막내부터 팀장까지 각자의 아이디어를 '까게' 되어 있다. 대학을 갓 졸업한 여자애가 위스키 맛을 알든 모르든 무조건 아이디어를 내야만 했다. 타깃은 직장인 남성, 주로 팔리는 곳은 고급 술집. 본격적인 IMF의 후폭풍이 불기 전에다 김영란법도 없던 때라 접대문화가 판을 치고 있었다. 회의실에서도 "룸살롱에서 시킬 때 쪽팔리지 않게 (광고를) 만들어야 해"라는 말이 아무렇지 않게 오갔다.

그때의 나는 이 모든 것에 불편함을 느끼지 못했다. 팀에 나 말고도 여자 선배가 한 명 더 있었지만 그녀도 마찬가지였다. 어떻게 하면 남자들에게 어필할 만한 광고를 만들 수 있을까? 어떤 아이디어라야 팀장 눈에 들까? 거기에만 골몰했다. 나는 위스키병의 부드러운 형태에 주목했다. 특유의 병 모양으로 캠페인을 진행한 앱솔루트 보드카처럼 이걸 활용해보자! 연필로 쓰윽쓰윽, 위스키병 실루엣 그대로 드레스 네크라인이 깊게 파여 있는 여자를 그렸다. 입술 위

얼굴은 보이지 않는, 오직 가슴만 노골적으로 드러난 모습이었다.

"제법인데?"

회의 시간에 이걸 조심스럽게 내밀자 팀장은 곧바로 집어 들었다. 디자이너 선배가 뚝딱뚝딱 사진을 합성, 어설픈 섬네일을 그럴듯한 이미지로 탈바꿈시켰다. 그렇게 만든 시안을 보고하는 자리에서 광고주 역시 나의 아이디어를 너무나 마음에 들어했다. 한 번에 팔린 것이다! 이런 경우는 드물고 광고회사 입장에선 이것만큼 좋은 일이 없다. 그 후부턴 일사천리였다. 우크라이나 출신의 열여덟 살 여자 모델을 캐스팅하고 촬영하고 컴퓨터로 만지더니 얼마 안 있어 실제 광고가 세상에 나왔다. 마냥 신기했다. 내 머릿속에 있던 그림이 주요 일간지를 도배하다니! 도수가 높은 술은 TV광고에 제약이 있기 때문에 많은 물량을 신문, 잡지 광고에 쏟아부었다. 매일 아침 신문만 펴면 익숙한 여자 가슴이 튀어나왔다. 팀은 물론 회사에서도 나를 보는 눈이 달라졌다. '뻣뻣한 신입 여자애가 일을 좀 하나 보네?'

지금 똑같은 광고가 나온다면 반응이 어떨까? "영화에서 룸살롱 못 잊더니 광고에서도 성접대냐!" '위스키=여자' 등식의 노골적인 성적 대상화에 SNS상에서 뭇매를 맞을 것이다. 여성단체가 뽑은 '여혐' 광고 리스트에 올랐을 수도 있다. 불판 위 춤추는 여자를 익어가는 고기에 비유한 '후쿠오카 함바그' 바이럴 영상이 나왔을 때 나는 매체 글을 통해 강하게 비판한 적이 있다. 하지만 따지고 보면 유세윤의 아이디어와 나의 아이디어가 크게 다르지 않다. 표현 방법과 완성도의 차이가 있을 뿐.

몇 년 전 페미니스트로 정체화하고 난 뒤부터 나는 아이디어를 낼 때 이 아이디어가 성차별적이진 않은지 의식적으로 검열했다. 바꿔 말하면 그 전까진 저 첫 광고, 여자를 가슴 부위로 치환한 광고를 만들었을 때와 유사한 의식 수준이었다는 얘기가 된다. 꽤 오랜 시간 내 안에 여성혐오적 시선과 태도를 탑재한 채 전 국민에게 노출되는 콘텐츠를 다뤄온 셈이다. 마치 숨 쉬듯 자연스럽게.

물론 혼자 힘만으론 부족하다. 그 과정에 많은 이들의 협조와 공조가 있었다. 회의 시간에 누군가가 "남자 모델이 더 신뢰가 가니까" 같은 말을 해도 "그거 성차별 아냐?" 지적하거나 문제 제기하는 걸 회사 다니는 동안 한 번도 들어본 적이 없다.

여자가 팀장이면 얘기가 달라질까? 팀 리더가 된 후 처음으로 진행한 차음료 CF에서 나는 부기 해소라는 효용을 강조하기 위해 여자 두 명이 얼굴 크기 대결을 벌이도록 했다. 마치 스포츠처럼! 지하철역 성형외과 광고와 다르지 않은 그 아이디어가 당시엔 임팩트 있고 재미있다며 마구 밀어붙였다. 어쩌면 여성혐오나 여성비하도 여자가 더 잘할 수 있다. 그리고 이것은 비단 나나 내가 몸담은 광고회사만의 풍경은 아닐 것이다.

다행히 최근 페미니즘 열풍이 불면서 조금씩 변화하고 있다. 소비자들의 항의로 광고가 내려지는 일이 잦아지자 업계 내에서도 조심하는 분위기다. 모 광고대행사 임원은 아예 제작 팀장들을 모아놓고 성평등 의식을 키우라고 주문했다고 한다. 그 자리에서 여자 두 명을 제외한 10여 명의 남팀장들은 표현의 자유 운운하며 볼멘소리를 했다고 한다. 지금까지 무의식적으로 여성을 비하하거나 배제하고, 고정된 성 역할을 반복해온 사람들에게 의식적으로 조율하라고 하면 반발하게 마련이다. 마치 천부권을 빼앗기기라도 한 듯. 하지만 여성이 소비를 주도하는 상황에서 여성 소비자의 심기를 거스른다는 건 기업의 작동 원리에도 맞지 않는다. 광고를 계속 만들고 싶고 물건을 계속 여자들에게 팔고 싶다면 남자 광고인들도 부지런히 변화해야 한다. 시대 변화에 발맞추기 싫고 퇴행을 고집하고 싶다면 그만두는 방법도 있다. 그 자리를 대신할 여성 광고인은 많으니까.

섹스 앤 더 시티 탈출

나는 〈섹스 앤 더 시티〉의 시민이었다. 전 세계 많은 여자들처럼. 이 드라마는 1998년에서 2003년까지 미국에서 방영됐고 2004년 케이블 채널 '온스타일' 런칭과 함께 본격적으로 한국에 소개되었다. 이 시기는 내가 취업을 하고 커리어를 쌓아가던 시기와 겹친다. 막 경제력과 함께 자신감을 갖게 된 20대 여성에게 쇼핑도 섹스도 거침없는 1세계 싱글 여성들의 이야기는 충격에 가까운 카타르시스를 제공했다.

'나도 저렇게 살래!'

'성공하고 싶다'는 욕심은 있었지만 내가 원하는 성공이 어떤 건지, 목적과 방법이 무엇인지 분명하게 알지 못한 채 대학 시절을 보냈다. 1996년 한총련 연세대 점거 사태 이

후, 캠퍼스 내에서 이념의 자리를 빠르게 대신한 건 대중문화였다. 인터넷, 이동통신과 함께 폭포처럼 쏟아져 들어오는 그것들을 따라잡기도 버거웠다. 학생운동은 지나간 일, 경제성장은 당연한 일이었다. 미디어는 난생처음 부모 잘 만나 소비의 주체로 등장한 'X세대'의 일거수일투족에 호들갑을 떨었다. 기업들은 발 빠르게 'Made in 20' '스무살의 TTL' 같은 슬로건으로 20대를 공략하기 시작했다. 평범한 집 아이들도 방학을 이용해 배낭여행을 가거나 어학연수를 다녀왔다. 이들이 현지에서 경험하고 온 덕분에 스타벅스는 한국 진출 초기부터 폭발적 호응을 얻었다.

IMF가 터지기 직전과 직후, 마지막 불꽃 같은 물질적 풍요를 등에 업고 취향과 직장을 손에 넣은 '운 좋은 아이들'에겐 새로운 레퍼런스가 필요했다. 남자아이들은 무라카미 하루키를 따라갔고 덩달아 그들을 따라갔다가 맥이 빠진 여자아이들 눈에 〈섹스 앤 더 시티〉가 들어왔다. 그 안엔 셀레브리티 칼럼니스트에서 홍보회사 대표, 큐레이터, 변호사까지 다 있었다. 좋은 직업을 가졌다고 해서 놀 줄 모르는 모범생도 아니었다. 금요일 밤이면 일진처럼 끝내주게 차려입고 남자를, 연애를 찾아 나섰다. 원나잇 상대든, 데이트 상대든 일단 섹스부터 시작했다. 거기엔 내숭도, 죄책감도 없었다. 엉망인 섹스조차 친구들과 웃어넘길 수 있는 에피소드에 불과했다. "당신을 사랑하지만 나는 나를 더 사랑해"라고 말하며 스스로에게 명품 구두를 아낌없이 선물하는 여자들. 그것은 거대한 해방이었다.

막연했던 여자의 성공이 구체적 형태를 띠기 시작했다. 한쪽에선 진보 지식인 남성과 여성 사이의 '그 페미니즘' 논쟁, 호주제 폐지란 역사적 성과가 이어졌지만 모범생 운동권 선배들의 일이겠거니 했다. 그들이 얻기 위해 투쟁하고 있는 것을 나는 이미 가진 것만 같았다.

서울의 어퍼 이스트 사이드는 강남. 야근이 없는 날이면 어김없이 압구정동, 청담동의 핫한 바나 클럽으로 출근했다. 캐리 브래드쇼와 친구들이 그랬던 것처럼 코스모폴리탄을 홀짝이며 남자들이 접근하길 기다렸다. 별의별 남자들을 만나고, 자고, 차고, 차였다. 일부러 양다리를 걸치거나 사건사고를 치기도 했다. 현실이 드라마틱해질수록 묘하게 만족스러웠다. 내 삶이 더 〈섹스 앤 더 시티〉에 가까워지는 것 같았으니까.

하지만 기대했던 성공은 올 기미가 없어 보였다. 광고회사에 취직만 하면 (역시 드라마처럼) 얼마 안 있어 실력을 인정받고 고속승진하고 《보그》지의 '잘나가는 그녀, 파우치 속이 궁금하다!' 같은 코너에 실릴 줄 알았는데 놀랍도록 아무 일도 일어나지 않았다! 트렌디한 직종은 점점 더 업무 강도가 세졌고, 나는 광고 천재가 아닌 걸로 판명 났고, 결정적으로 미스터 빅도 만나지 못했다.

서른이 되었을 땐 급기야 회사를 관두고 뉴욕으로 날아갔다. '여자 나이 서른이면 인생 끝났다'는 말을 들어야 하는 나라에서 '섹스 앤 더 시티'로 망명을 떠난 셈이다. 더 늦기 전에. 혹시 알아? 듣던 대로 뉴욕에서 나이는 문제가 아니었다. 거리를 걸으면 성가실 만큼 캣콜링을 당했다. 내가 특별히 매력적이라서가 아니라 거의 모든 여자가 그 희롱의 대상이 된다는 걸 얼마 지나지 않아 배웠다. 어쨌거나 어릴 때부터 꿈꿔온 유학의 한은 풀었다. 그러나 돈도 영어도 부족한 아시아 여자에게 월스트리트의 거물급 남자가 롤스로이스를 타고 나타나는 일은 일어나지 않았다.

2년 뒤 다시 돌아온 서울은 뉴욕과 별로 다르지 않았다. 없던 브런치 문화가 생겼고 해외직구 덕분에 못 구하는 브랜드가 없었다. 직장을 다니는 싱글 여성들은 더 이상 올드미스가 아닌 골드미스, 알파걸로 불리며 파워 컨슈머로 떠올랐다. 기업들은 또다시 "심봤다!"를 외치며 일제히 젊은 여성을 타깃으로 한 상품과 광고를 쏟아냈다. 회의에 가면 광고주들은 대놓고 요구했다.

"〈섹스 앤 더 시티〉 같은 느낌으로 해주세요."

그건 내 전공이지! 그러는 동안 직급도 오르고 연봉도 오르고 카드 한도도 올라갔다. 골드미스답게 가장 커진 건 소비의 스케일이었다. 야근에 대한 보상으로 지르고, 소개팅을 위해서 지르고, 소개팅이 별로라서 또 지르고. 남자의 돈이 아닌 내 돈으로 사고 싶은 걸 사는 것. 이것이야말로 선배들이 쟁취하지 못했던 여성의 자기결정권이라고 믿었다. 이렇게 나를 사랑하고 잘 관리하는 나, 독립적이고 멋있는 나에게 어울리는 미스터 빅이 있을 거야. 비록 괜찮은 남자는 모두 결혼했거나 게이지만 어딘가는, 언젠가는.

이 헛되고 모순된 희망을 불과 얼마 전에야 폐기했던 사실을 고백해야겠다. 페미니즘에 관심을 가진 후에도 '아름답고 유능하고 주체적인 쌍년' 놀이에서 빠져나오지 못했다. 아니, '아름답고 유능하고 주체적인 쌍년' '남자들이 욕망하는 페미니스트'야말로 더 진보한 페미니스트라고 생각했다. 그러기 위해 미용실, 피부과, 다이어트, 쇼핑, 유흥에 쏟아부은 비용은 결코 푼돈이 아니었다.

40대에 접어들고 노골적인 성적 대상화 범주에서 한발 벗어나서야, 남성 연대의 공고한 벽에 부딪히고 나서야 비로소 정신이 들었다. 믿었던 나의 주체성은 기업과 시장이 장려한 소비자 주체성으로 판명 났다.

사실 〈섹스 앤 더 시티〉의 더 큰 해악은 '꾸밈 중독beauty sick' 보다 '남자 중독relationship sick'의 패션화다. "나는 나를 더 사랑해"라고 외치지만 그들의 삶은 남자(와의 관계)를 중심으로 공전한다. 어딜 가든 무얼 하든 친구들과의 대화 소재도 늘 남자다. 세상의 다른 요소들은 표백된 것처럼 모든 신경과 에너지와 감정이 거기에 집중되어 있다. 야망과 재능이 무엇이건 간에 연애와 결혼이 여자의 가장 중요한 이슈라고 선동하는 프로파간다. 사실 〈신데렐라〉에서 〈섹스 앤 더 시티〉로 시대와 인물이 달라졌을 뿐 여자 주인공의 서사는 크게 다르지 않다. 한국 드라마는 더 심하다. 남자와의 연애를 빼고 기능하는 여자는 요즘도 찾아보기 어렵다. 이건 여자를 스노우볼 속에 가두는 것과 같다. 이 작은 스노우볼 속에선 삶의 희로애락, 성공과 실패, 자기 자신조차도 남자와의 사적인 관계에서 찾게 된다. 여자들이 여기에 몰입할수록 저 밖에 존재하는 종교, 정치, 사법, 금융의 남근 연대는 더욱 강고해진다. 그 많은 로맨스 코미디, 멜로드라마, 짝짓기 예능의 주된 생산자가 누구인지, 그로 인한 진짜 수혜자가 누구인지 따져보면 답이 나온다.

드라마의 힘은 생각보다 세다. 지나 데이비스 미디어 연구소 자료에 따르면, STEM(과학·기술·공학·수학) 분야에서 일하는 여성 50%가 미국 드라마 〈X파일〉의 주인공 스컬리 덕분에 과학기술에 관심을 갖게 됐다고 한다. 이공계에서 일하지 않는 여성 중에서도 63%가 스컬리 덕분에 과학의 중요성을 깨달았다고 전했다. 이런 현상을 두고 '스컬리 효과'라는 용어까지 나왔다. 지적이고 독립적이고 일에 몰두하는 여성 캐릭터 한 명의 힘이 이 정도다. 우리에겐 더 많은 스컬리가 필요하다. 여성 서사를 소비하는 것 자체로 의미 있지만 퇴행적이고 편향적인 여성 서사를 보이콧하는 것도 중요하다. 그나마 가진 소비자 권력을 이럴 때 아니면 언제 이용한단 말인가?

2018년 〈섹스 앤 더 시티〉는 20주년을 맞았다. 수많은 파생 상품을 낳으며 여전히 반짝이는 저 스노우볼에서 빠져나오는 데 오랜 시간이 걸렸지만 그렇다고 미워할 수만은 없다. 덕분에 여자들이 나쁜 섹스와 남성의 작은 성기에 대해 터놓고 얘기할 수 있게 되지 않았나? 그 공로만큼은 인정해주자.

나의 첫 번째 강남 주소지 논현동. 내가 취업을 하던 해, 언니는 결혼을 했고 함께 자취하던 우리 자매는 자연스럽게 분리되었다. 회사가 있는 강남으로 이사 오게 되면서 사회 초년생이 그나마 집을 얻을 수 있는 동네가 논현동이었다. 그것도 부모님의 지원이 있었기에 가능한 일이었지만 어쨌거나 강남 주민이 된 것이다! 늘 이날이 오길 바랐다. 도시를 동경하며 지방에서 올라온 여자애에게 '서울=(가장 번화한) 강남'이었다. 마침내 본격적인 서울 생활이 시작된 것만 같았다.

하지만 짐을 다 정리하기도 전에 알게 됐다. 왜 이 동네 집값이 다른 강남에 비해 싼지, 왜 미용실이 그렇게 많고 그렇게 늦게까지 하는지. 이사 온 논현초등학교 일대는 소위 말하는 '나가요촌'이었다. 2000년대는 1990년대에서 넘어온 접대문화의 여흥이 남아 있던 시기였다. 강남에 밀집된 고급 술집과 룸살롱은 여전히 성업 중이었고, 그곳에서 일하는 수많은 여성은 개발이 덜 된 논현동에 모여 살며 나름의 커뮤니티를 이루었다. 출근 전용 콜택시, 아침까지 영업하는 고깃집, 명품 대여 등 씀씀이가 큰 그들을 대상으로 한 특수 비즈니스도 성했다. 논현동은 '나가요'들의 활동 시간에 맞춰 밤이 깊어야 비로소 활기가 넘치는 기묘한 동네였다.

퇴근하고 집에 올 시간쯤 나의 이웃들은 출근 준비를 했다. 익숙지 않은 업무에 녹초가 되어 돌아오는 길에 마주치는 그녀들의 모습은 눈부셨다. 미용실 의자에 줄지어 앉아 헤어, 메이크업, 매니큐어에 페디큐어까지 완벽하게 세팅하는 저 여자들 좀 봐. 너무 날씬하고 너무 예쁘잖아! 비싼 술집에서 일하는 아가씨일수록 옷도 단정하게 입는다더니 정말 그러네. 오피스에서 일하는 나보다 더 우아한 오피스룩이야. 저런 펜슬스커트로는 의자에 앉기도 힘들겠지만.

TV에 나오는 연예인이 아닌 또래 여자들이 그렇게 한껏 꾸민 모습을 실제로 본 건 처음이었다. 주위의 친구들은 물론이고 당시 압구정동을 오가는 멋진 여자들조차 그 정도는 아니었다. 미용실 유리에 비친 내 얼굴, 몸매, 옷차림과 당장 비교가 됐다. 취업에 성공해 기세등등하던 나는 순식간에 주눅 든 지방 여자애로 되돌아갔다.

같은 빌라에도 '나가요'가 살았다. 나이는 나보다 어려 보였고 사투리를 썼다. 나처럼 경상도에서 올라온 듯했다. 주인만큼이나 미용이 잘 된 몰티즈를 키우는 그의 차는 아우디였다. 재수 시절 대치동 아이들을 봤을 때와는 또 다른 감정이 들었다. 입시 준비에 10대 시절을 갈아 넣고, 알바와 취업 준비에 대학 생활을 갈아 넣고, 나뿐만 아니라 부모님 등골까지 휘게 하며 간신히 도착한 게 논현동인데, 저 여자애는 놀 거 다 놀고 여기까지 왔네. 저런 날나리들과 다른 삶을 살겠다고 "성공할끼다!"를 주문처럼 되뇌며 노력했는데 결국 같은 동네에서 만나다니. 허탈했다.

한편으론 부러웠다. 잘 꾸미고 예쁜 여자가 손쉽게 갖게 되는 매력자본. 아무리 똑똑하거나 공부를 잘한다고 해도 얻을 수 없는 절대적 외모권력. 남자들로 하여금 끊임없이 구애의 춤을 추게 만드는 힘. 눈앞의 아우디가 명백한 증거 아닌가? 그에 비하면 이제 막 회사원이 된 나의 능력은 그 대상도, 전망도 불투명해 보였다. 일에 올인한다고 해서 외모권력이 아닌 다른 권력을 갖게 될까? 노력 끝에 직업적으로 성공한다고 치자. 그런데 남자들이 날 원하지 않으면? 나랑 자고 싶어 하지 않으면? 그럼 여자로서 실패하는 거 아닐까?

'남자에게 욕망당하고 싶다!'

상품처럼 선택되기를 선택한 또래 여자들 옆에 살면서 그들이 가진 생생한 아름다움과 트로피에 자극받다 보니 어느새 동경심 내지 경쟁심마저 들었다. 논현동에선 '초이스'받는 것이 권력. 남자에게 얼마나 욕망당하느냐에 따라 등급이 매겨진다. 이것이 이 동네만의 작동 원리일까? 남자는 직업적으로 성공하면 존재하지 않던 성적 매력까지 획득하지만 여자는 그렇지 않다. 아무리 잘나도 남자를 잘못 만나면 소용없단 말이 꼬리표처럼 따라붙는다. 직업인으로서의 성공과 여자로서의 성공이 분리되는 순간이었다.

욕심이 많았던 만큼 둘 다 갖고 싶었다. 외모를 인정받는 것도, 실력을 인정받는 것도 포기할 수 없었지만 무엇보다 가장 잘 팔리는 나이, 조건이 괜찮은 남자에게 선택받을 시간이 한정되어 있다는 생각에 마음이 급했다. 수면 시간을 줄여서라도 메이크업을 하고, 저축 대신 쇼핑을 하고, 야근과 함께 다이어트를 하고, 남자 만날 기회라면 소개팅이든 동호회든 나이트 부킹이든 가리지 않았다. 마치 게임 캐릭터처럼 퀘스트를 깨는 데 몰입하느라 이것이 정말 나의 욕망인지 의심할 틈도 없었다.

아이러니하게도 남자들과의 관계는 늘 삐걱거렸다. 당연한 결과였다. 욕심을 부릴수록 '남자에게 욕망당하고 싶은 욕망'과 '남자에게 이기고 싶은 욕망'이 제각각 증식하며 충돌했기 때문이다. 두 가지 모순된 욕망 사이에서 나는 지킬 박사와 하이드처럼 분열했다. 만남을 잘 이어가다가도 반복적으로 폭발하곤 했다. 내가 아닌 모습, 강남 도련님들이 좋아할 만한 참하면서 동시에 섹시한 여자를 연기해야 한다는 자괴감, 남자는 실력으로 경쟁하고 이겨야 할 상대인데 그런 대상에게 초이스받아야 한다는 굴욕감, 결국 결정권이 나에게 없다는 데서 오는 분노, 그럼에도 불구하고 욕망당하고 싶은 욕망으로 인한 수치심까지. 사실상 남자와의 관계보다 스스로의 내적 갈등과 폭주에 쏟은 에너지가 훨씬 컸다.

여자들은 권력에 대한 감각이 없고 권력욕도 없다는 말은 틀린 말이다. 지금 생각하면 당시 나의 욕심은 분명 권력욕에 가까운 것이었다. 실력에 대한 자신도 있었다. 하지만 자라면서 그런 유의 욕망을 드러내고 스스로 권력을 쟁취한 여자를 보지 못한 탓에 확신하지 못했다. 그에 비해 남자에게 선택받아 그 남자의 자산을 공유하는 건 드라마나 영화를 통해 훨씬 쉽고 가능성 있게 느껴졌다. 논현동에서 목격한 것은 이런 생각에 무게를 더했다. 20대 때 남자에게 욕망당하기를 포기하지 못했던 건 이 때문이다. 한창 커리어에 집중하고 성장해야 할 시간이 심리적 내전 상태에서 흘러갔다. 우울과 분노와 자책의 총구가 향한 곳은 물론 나였다. 남자들도 이렇게 권력욕을 분산시킬까? 직업인으로서의 성공과 남자로서의 성공, 두 마리 토끼를 쫓을까?

얼마 전 강남역에 위치한 단골 미용실에서 들은 이야기는 충격적이었다. 원장님 손님 중에 그 지역 경찰들이 있는데 요즘 근처 업소 아가씨들의 자살이 너무 많다고. 신원 파악하는 것도 힘들다고 했다. 여자가 애인에게 살해당해도 더 이상 뉴스가 되지 못하는 판에 이런 죽음들은 신문 기사 한 줄 나지 않는다. 장기 불황에 '텐프로'의 신화는 사라진 지 오래. 대신 유사 유흥업소, 저가형 룸살롱들이 폭발적으로 증가했다. 2012년 국세청 통계에 따르면, 길에 널린 프랜차이즈 커피숍보다 무려 열 배나 많다. 간판도 없이 영업하는 오피스텔 성매매 등은 포함되지 않은 숫자다. 여기 어디에 정당한 노동이, 낭만이 존재할 수 있는가? '룸살롱 왕국'에서 여자에게 주어지는 건 죽음으로 도망칠 만큼 끝없는 착취뿐이다.

클럽이나 거리에서 쫓아온 남자가 내 번호를 묻는 것? 회식할 때 힘 있는 남자 상사들이 내 옆자리를 두고 경쟁하는 것? 그 순간 반짝 자존감이 채워지고 우쭐한 기분이 들 수 있지만 그걸로 끝이다. 실질적 이득은 없다. 이렇게 채워지는 자존감은 나이를 먹을수록 상실감으로 대체된다. 잘사는 집 남자에게 초이스받아 결혼에 성공? 그래도 권력 행사보다 아내, 엄마, 며느리 노동이 먼저다. 업소 톱인 아가씨도 더 어리고 예쁜 아가씨에게 그 자리와 함께 스폰서를 빼앗기는 건 시간문제다.

'남자에게 욕망당하기'는 권력이 아니다. 여자들에게 주어진 미션, 여자들끼리의 외모 경쟁이자 남자에게 권력을 넘기는 행위다. 왜 돈은 돈대로 들고 유통기한도 짧은 레이스에 뛰어들어야 하나? 남자에게 욕망당해야 여자로서 존재 가치가 높아진다는 건 거대한 사기다. 예쁘다고 월급을 더 받나? 세계에서 가장 아름다운 할리우드 여자 배우들조차 남자 배우들에게 훨씬 못 미치는 출연료를 받는다.

'백마 탄 왕자'처럼 실재하지 않는 가짜 권력에 속지 말자. '예쁘다'는 찬사는 '추한 여성'이라는 낙인보다 더욱 강력하고 교묘한 현실 통제 수단이다. 그 안에 매몰돼 더 이상의 꿈을 꾸지 못하도록 막는다. 모든 여자는 아름답다? 아니, 여자는 예쁠 필요도 욕망당할 필요도 없다. 수

많은 여고생들이 간절하게 '픽미업'을 외치는 그림이 괴이하지 않은가? 우리는 초이스에서 해방되어야 한다. 해방되는 순간 진짜 힘이 생긴다. 타인이 아닌 나에게 힘을 돌려주자.

―――――― '두려움 없는 소녀'는 두렵지 않다 ――

뉴욕 월스트리트 한복판에 '힘센 황소Charging Bull' 동상이 세워진 건 1987년 10월 19일 '블랙 먼데이'라고 불리는 미국 증시 대폭락 이튿날 아침이었다. 절망에 빠진 미국인과 미국 경제에 희망의 메시지를 전하기 위해 한 예술가에 의해 기습적으로 설치된 황소는 큰 인기를 얻으며 그 자리를 지키게 되었다. 그로부터 30년 후, 2017년 3월 8일 세계 여성의 날을 맞아 황소 맞은편에 또 하나의 동상이 세워졌다. 동상 이름은 '두려움 없는 소녀Fearless Girl'. 머리를 휘날리며 두 손을 허리에 짚은 소녀는 돌진하는 황소를 당당하게 마주 보고 있다. 월스트리트로 대표되는 미국 금융계의 남성 중심적 환경에 맞서 여성의 권리를 높이자는 것이 이 조각상의 제작 의도다. 지난 30년 새 황소는 미국 경제의 희망에서 금융계 내 남성 권력의 아이콘으로 상징하는 바가 바뀌었다.

소녀의 등장 이후 월스트리트의 표정은 사뭇 달라졌다. 세계 각지에서 온 관광객은 물론이고 먼 곳에 사는 현지인들까지도 소녀상을 보기 위해 몰려들고 있다. 현장에선 엄마아빠의 손을 잡고 온 다양한 인종의 소녀들이 소녀상과 똑같은 포즈로 사진 찍는 모습을 쉽게 볼 수 있다. 슈트를 입은 남자들로 가득 찬 월스트리트에선 낯선 풍경이다. 뉴스와 SNS를 달구며 뜨거운 이슈가 된 '두려움 없는 소녀'는 2017년 칸 국제 광고제에서 PR, 옥외, 글래스, 티타늄 등 4개 부문에서 그랑프리를 차지했다. 그리고 2018년 12월, 마침내 장기 보존이 결정되어 뉴욕 증권 거래소 앞으로 자리를 옮겼다.

유튜브 스타처럼 하루아침에 세계의 주목을 받게 된 '두려움 없는 소녀'. 소녀들의 롤모델이 부족한 현실에서 이것은 새로운 히어로의 탄생일까? 곧바로 '예스'라고 답하기엔 몇 가지 우려되는 지점이 있다.

먼저, 소녀상의 탄생 뒤에는 기업이 있다. 애초에 스테이트 스트리트 글로벌 어드바이저State Street Global Advisor라는 금융회사의 의뢰와 지원을 받아 제작된 광고물이다. 소녀상에는 "여성의 리더십을 믿어라. SHE가 변화를 만든다.Know the power of women in leadership. SHE makes a difference."라는 카피가 쓰여 있다. 여기서 'SHE'는 해당 회사의 펀드 상품 이름이다. 하지만 실제 이 기업의 여성 임원 비율은 얼마나 될까? 이미 40% 여성 임원 쿼터제를 시행 중인 노르웨이, 아이슬란드, 스페인에 비해 낮은 25% 수준이다. '우먼 임파워링'이나 '퀴어 프라이드'를 단순히 상업적으로 이용하는 브랜드가 늘고 있는 상황에서 '두려움 없는 소녀' 또한 이슈에 올라탄 마케팅일 뿐이라는 비판이 제기되는 이유다. '페미니스트 대통령'을 자처하면서도 여성 장관 비율이 30%에 미치지 못하는 것, 페미니즘 대중화를 20대 여성의 '집단 이기주의 감성'으로 폄하하는 것도 같은 맥락에서 비판할 수 있다.

또 하나, 월스트리트 내 여성의 권리를 주장하는 인물이 왜 성인 여성이 아닌 '소녀'여야 할까? 취업차별, 임금격차, 유리천장 등은 현실 여성에겐 생존 문제다. 이것을 강변하기에 포니테일 머리를 한 소녀는 지나치게 귀엽다. 허리에 손을 올린 깜찍한 모습은 금방이라도 아이돌의 춤과 노래를 따라 할 것 같다. 여성의 절박한 투쟁이 소녀의 당돌한 용기 정도로 축소돼버린 느낌이다. 미국판 '오빠가 허락한 페미니즘', 월스트리트를 오가는 남자들 기분이 상하지 않을 정도의 도발 말이다. 신체적, 정신적으로 미성숙한 소녀는 남자들에게 대등하거나 위협적이지 않다. 지켜줘야 할 존재, 시혜의 대상이 되기 쉽다. 이런 식으로 광고나 마케팅에서 쉽게 '소녀'가 여성 전체를 대변해 사용되는 것은 안전하고, 그렇기 때문에 위험하다. 영화 〈허스토리〉가 빛나는 지점은 예쁘고 어린 소녀의 피해자성에 치중한 지금까지의 위안부 소재 영화들과 달리 러닝타임 내내 위안부 할머니의 현재에 집중했다는 것이다. 그 흔한 플래시백 한 번 없이.

현실의 소녀들이 '두려움 없는 소녀'를 보고 집으로 돌아가는 길에 어떤 생각을 할까? '열심히 하면 커서 나도 월스트리트에서 일할 수 있어!' '내가 열심히만 하면 기회가 주어질 거야!' 이것은 페미니즘이라기보다 페어리테일에 가깝다. 남성 중심의 구조 안에서 여성 개인이 아무리 열심히 해도 벽에 부딪히고 만다. 어느 시점에 막히는지 시간문제일 뿐이다. 동화 같은 약속을 믿고 열심히 공부하고 일해봤지만 결과는 기업인 청와대 만찬, 카카오뱅크 출범식(전원 남성) 같은 것이 현실이다. 먼발치에서 그 광경을 바라보며 배신감과 좌절감을 느끼는 성인 여성이라면 '두려움 없는 소녀'를 흐뭇하게만 받아들여선 안 된다.

'우먼 임파워링'은 필요하다. 이것을 기업의 마케팅이나 페미 굿즈에만 맡길 게 아니다. 페미니즘 교육의 초등 교과 과정 편성, 유럽과 같은 기업 및 각종 공기관 임원의 여성 할당제 등 국가가 나서야 할 일이 더 많다. 그러려면 앞선 세대 여성들이 "너는 자라 내가 되겠지. 고작 내가 되겠지" 를 읊조리기보다 힘을 모아 정치인을, 국가를 압박해야 한 다. 나중에 '두려움 없는 소녀'가 자라 똑같은 차별의 벽에 부딪히지 않으려면 말이다.

여성의 인맥 쌓기

2018년 1월 24일 자《조선일보》에 따르면, '한물간 언니' 송은이에게 대중은 폭발적 관심과 찬사를, 예능을 장기 집권하고 있는 남자 동료들은 질투와 견제를 보내고 있다. 하지만 2015년 김숙이 기존 방송사 내에서 섭외나 고정 출연이 잘 이루어졌다면 애초에 〈송은이 김숙 비밀보장〉은 탄생하지 않았을 것이다. 조직 밖에서 순전히 자신의 기획력으로 일궈낸 송은이의 성공 신화. 이것은 여성의 조직 내 네트워킹 실패담이기도 하다. 그렇다면 여성의 네트워킹, 인맥 쌓기는 가능한 것인가? 이렇게 인지도와 능력 모두 갖춘 여자들조차 배제되는 현실에서?

치열한 경쟁을 뚫고 취업에 성공한 여성이 있다. 공기

관이든 사기업이든 규모가 크든 작든 그 여성은 얼마 지나지 않아 조직을 움직이는 '보이즈클럽'의 존재를 알게 된다. 여직원 비율이 높은 조직이라도 크게 다르지 않다. 대표는 물론 간부급은 대부분 남자다. 글로벌 스탠더드를 지향하는 삼성전자의 경우, 제조 분야에 편중돼 있긴 해도 사원급에선 53.1%이던 여성 인력이 임원급으로 가면 4.5%로 떨어진다. 엘지전자는 임원 250명 중 여자는 단 한 명이다.(2017년 한국경제연구원 조사 결과) "PD님들에게 물어봐달라." 지난해 〈영수증〉 제작 발표회에서 방송은 왜 안 하느냐는 기자의 질문에 송은이는 이렇게 답했다. 직장 생활에 있어서 일을 잘하는 것만으론 부족하다. 기회는 사람이 주는 것이다. 나를 인정하고 도와주고 끌어줄 수 있는 사람은 기의 남자인 상황. '보이즈클럽'의 문을 어떤 식으로 두드릴 것인지 젊고 야심 있는 여성은 자기 성향에 맞는 전략을 선택하게 된다.

가부장적 스테레오타입 몇 가지를 예로 들면, 퇴근 후 술자리, 각종 사내 모임, 근무 중 흡연 타임에 빠짐없이 동참하며 남자들과 전면적으로 어울리는 털털한 '남동생' 전략, 별일 없어도 팀장이나 본부장의 방문을 열고 들어가 면담을 신청하거나 어려움을 토로하고 도움을 청하는 '여동생' 전략, 항시 부드러운 미소로 사내 대소사나 남자들이 하기

귀찮아하는 일 등을 나서서 챙겨주는 '엄마' 전략 등이 있다.(하지만 여성이 실제 출산을 하고 오면 그냥 '애엄마'가 된다.) 이것 외에 타인을 의식하지 않고 내 성격, 페이스대로 오직 일에 올인하는 것으로 존재감을 각인시키는 소위 '미친년' 전략도 종종 구사된다.

경험상 이중 어떤 전략이든 효과를 볼 수 있다. 실력과 운이 좋고, 사생활도 없이 회사에 전념한다는 전제하에 팀장급 정도까지는. 그 사이 결혼, 출산을 거치거나 부조리, 부당함 등을 보아 넘기는 비위가 약한 여성들은 알아서 조직에서 퇴장해준다. 10년 넘게 미친 듯이 일하다 어느 날 정신을 차려보니 여자 입사 동기 중 혼자만 남았다는 사실을 깨달았을 때의 느낌은 한두 문장으로 설명하기 힘들다.

주로 동문회, 산악회, 골프 모임 등 사교 모임으로 활동하던 '보이즈클럽'은 중요한 승진, 자리 기용처럼 그들의 이익과 직결된 순간에 실체를 드러낸다. 일 외적으로 어떻게든 비슷한 점을 찾아 공유하고 친목을 다지는 남성 연대의 특성을 헤르미니아 이바라Herminia Ibarra 인시아드 경영대학원 교수는 "자기도취적이고 게으르다narcissistic and lazy"고 설명한다. 여성의 승진을 결정하는 중요한 순간에도 결정권자는 그 여성의 자질과 능력을 주위 남자들의 말을 통해 확인하고 싶어 한다. 유능하지만 곁에 두기 불편한 여성보다 좀 부족한 듯해도 '아는 동생'에게 기회가 가는 어이없는 일이 일어나는 것도 같은 이유다.

결론은 여성이 아무리 전략적으로 인맥을 쌓으려 해도 '보이즈클럽'의 공고한 자기애와 게으름의 벽을 깨기는 어렵다는 사실이다. 다시 말해 지금 더 논의되어야 하는 것은, 탁월한 능력으로 1인 미디어를 기획, 실행한 예외적 여성의 '성공 비법'이 아니다. 이것이 '보이즈클럽'에서 살아남는 대안이 되어선 안 되며 이것이야말로 그들이 환영할 만한 일이기 때문이다.

어떻게 하면 안정된 조직 안에서 팀원들과 함께 협업하며 커리어를 이어나가는 일반적 여성 리더의 수를 늘릴 것인가? 초점은 여기에 맞춰져야 한다. 여성이 투표권을 웃으며 얻지 않았듯 이 과정 역시 자율과 선의에만 기댈 수 없다. 기업 내 여성 임원 할당제의 법제화가 필요하다.

실패로 끝난 미러링

그는 뮤지션이었다. 어리고 가난한 인디 뮤지션. 그를 만났을 때 난 인생에서 돈을 가장 잘 벌던 시기였다. '여자치고는' 많은 월급이었다. 회사에서 날 스카웃하며 제공해준 외제차도 있었다. 서식지가 다른 동물들처럼 그와 난 웬만해선 현실에서 마주칠 일 없는 사이였다. 하지만 당시 나는 뭐에 홀린 사람처럼 내가 가진 힘을 맘껏 휘두를 대상을 찾아다녔다. 나보다 불안하고 약하고 예쁜 존재를.

'내가 선택하겠어!'

어릴 때부터 간절히 바랐던 '경제력'을 스스로 손에 넣고 나자 예상치 못한 현상이 일어났다. '남자에게 초이스받고 싶은 욕망'이 '남자를 초이스하고 싶은 욕망'으로 고스란히 뒤집어진 것이다. 이 두 가지 모순된 욕망으로 고통받은 20대에 대한 보상심리랄까? 더 정확히는 '호텔 클럽에서 춤추는 어리고 예쁜 여자들을 내려다보던 돈 좀 있는 남자들', 그 굴욕적인 광경에 대한 복수를 하고 싶었다.

외적으로도 내적으로도 20대 때보다 자신 있었다. 시행착오 끝에 찾은 꼭 맞는 헤어스타일처럼 나 자신이 마음에 들었다. 마치 〈섹스 앤 더 시티〉의 사만다가 된 것 같았다. 무명 배우이자 웨이터인 남자를 간택해 타임스퀘어 광고 모델로 만든 능력 있는 사만다 존스 말이다. 친구의 초대로 홍대 앞에 밴드 공연을 보러 간 날. 막 무대를 마친 그를 소개받았을 때 첫눈에 느낌이 왔다. 재능 있고 잘생기고 가난한 뮤지션이라니. 완벽해!

기타 레슨은 좋은 핑계가 되었다. 공연만으론 수입이 부족한 뮤지션들은 레슨으로 생계를 유지하는 경우가 많다. 일부 남자 뮤지션들은 레슨으로 만난 여자들과 섹스를 하고 연인 관계로 발전하기도 한다. 가난한 밴드맨이 가진 단 하나의 특권이라고 했던가. 섹스를 할 마음이 생겼던 주변 여자와는 거의 다 섹스를 했다고 나중에 그가 말했다. 놀랍지 않았다.

일단 그의 외모가 마음에 들었다. 경제적으로 불안정했던 시기엔 이런저런 조건들을 따지느라 남자 얼굴은 늘 순위가 밀렸다. 일회성 만남을 제외하고 연애 관계에서 강렬한 육체적 끌림을 느낀 적은 많지 않다. '이 정도면 괜찮아' 정도로 내적 타협을 하곤 했다. 하지만 남자의 경제력을 아예 보지 않으면? 타협하지 않아도 된다. '귀엽다'는 최면을 걸 필요가 없다. '여자는 얼굴, 남자는 능력', 여자들은 수학 공식처럼 주입받는다. "잘생기면 얼굴값 한다" "남자 얼굴 뜯어먹고 사냐" 같은 말로 여성의 남성 성적 대상화는 끊임없이 방해받는다. 그러다 보면 얻게 되는 건 뚱뚱한 남자도 듬직하다며 치켜세우는 스킬뿐이다. 반대로 대상화에서 벗어난 남성은 자유롭게 여성의 외모에 점수를 매기고 부위별로 재단하며 판관 권력을 갖는다.

'나 역시 그 권력을 행사할 수 있다! 남자들처럼 얼굴만 보고 사귈 수 있다!'는 생각은 짜릿했다. 다른 여자들, 즉 남자의 경제력에 의존하는, 남자 눈에 들기 위해 애쓰는 여자들보다 우위에 선 것 같았다. 남자와 같아지는 것만으로도 여자로서 상급이 된 느낌이라니. 이 얼마나 이상한가.

모든 돈은 내가 썼다. 호기롭게 그가 가보지 않고, 먹어보지 않고, 입어보지 않은 것들을 경험하게 해주었다. 그가 예쁘기도 했지만 나의 능력을 과시하고 싶은 마음이 더 컸다. 또래 여자들이 결혼, 출산, 육아의 울타리 안에서 아줌마가 되어갈 때, 난 여전히 울타리 밖에서 모험을 즐기고 있어. 그리고 내 옆의 남자는 네 옆의 남자보다 어리고 잘 생겼어. 나의 세계는 너의 세계보다 훨씬 흥미진진해! 여기에 비용이 드는 건 당연했고 그 정도는 감수할 수 있었다.

이 야심만만한 미러링에서 변수는 그가 여자가 아니라는 사실이었다. 예상대로라면 돈 버느라 바쁜 나를 위해 요리도 하고, 내 기분이 어떤지도 살피고 그래야 하는데 자아 비대 예술남은 그럴 생각이 없었다. 그걸 기대하는 나를 되려 비난하고 가스라이팅했다. 그 태도가 너무 당당해서 내가 조심할 정도였다. 경제권을 쥐면 관계의 주도권을 쥘 거라는 건 순진한 착각이었다. 게다가 연하남을 바라볼 때마다 거기엔 연상의 내가 있었다. '너무 나이 들어 보이면 어쩌지?' 남성 성적 대상화에 익숙지 않은 나는 그를 평가하는 대신 끊임없이 내 나이와 얼굴을 점검했다. 예상치 못한 부작용이었다.

다행히 이 관계는 오래가지 않았다. 빌려주고 못 받은 돈이 있는 것도, 차를 사준 것도 아니었다. 하지만 뭔지 모를 찜찜함이 남았다. 나는 그것과 눈도 마주치기 싫어 서둘러 한 켠에 묻어버렸다. 꽤 시간이 지난 지금, 이 찜찜함은 구체적인 질문의 형태를 띠고 천천히 떠오르고 있다. 아마 이제야 답할 수 있게 되었기 때문이리라. '호텔 클럽에서 춤추는 어리고 예쁜 여자들을 내려다보던 돈 좀 있는 남자

실패로 끝난 미러링

들'. 질문은 여기서 출발해야 한다. 난 왜 그렇게 이 장면이 굴욕적이었을까. 치기 어린 복수를 하고 싶을 만큼.

저 한 컷에는 가부장제의 작동 원리가 고스란히 담겨 있다. 남자는 경제적 부와 기회를 독점한 상태에서 선택권을 가진다. 경제적 독립을 제한받는 여자는 자신의 상품 가치를 극대화하는 것을 생존 전략으로 삼는다. 여자들 간의 외모 경쟁은 심지어 경제력이 있는 여자조차 자발적 성적 대상화에 몰입하게 만든다. 여성이 디스플레이되고 남성이 초이스하는 이 모든 과정은 물 흐르듯 이루어진다. 어떤 강요나 강제의 기운도 없다. 주체적 메이크업, 주체적 노출, 주체적 섹스…… 마치 여자에게 선택권이 있는 것만 같다. 애초에 두 성SEX 사이의 불공정함과 차별은 존재하지 않고 정당한 거래라도 하는 듯 자연스럽다. 흥분과 쾌감마저 깃든다. 마흔두 살의 피카소가 열일곱 살 미성년자와의 관계에 대해 "나는 지금 내 인생의 정점에 있고 그 아이도 지금 그 애 인생의 정점에 있으니 괜찮다"고 했다는 이야기. 선택하는 이도 선택받는 이도 이의를 제기하지 않는다. 가부장제가 작동하는 아주 태연한 방식. 굴욕적인 것은 바로 이 태연함이다.

나는 저 장면에 등장하는 누구에게 복수하고 싶었을까? 돈 좀 있다고 거들먹거리던 남자들? 그리고 나 대신 다른 여자를 초이스했던 남자들? 최상급이 되기 위해 외모 코르셋을 미친 듯이 졸라맨 여자들? 외제차 옆자리에서 우월감을 느끼던 여자들? 아니면 그들을 바라보며 열패감과 수치심을 동시에 느끼던 나 자신?

나를 강자인 남자의 자리에 대입하는 것은 일시적 통쾌함을 주었지만 변수는 내가 남자가 아니라는 사실이었다. 내 힘을 발휘할 약하고 예쁜 존재를 선택했음에도 불구하고 나는 그 존재에게마저 욕망당하고 싶은 욕망을 버리지 못하고 권력을 넘겨주었다. 뼈에 새겨지다시피 한 성적 대상화, 남성 숭배에서 벗어나지 않는 한 여성은 스스로의 주인이 될 수 없다. 좋아서 하는 다이어트? 좋아서 하는 덕질? 나의 선택, 나의 욕망이라고 생각하는 모든 것을 의심하는 것이 첫 단계다. 이 과정 없이 가부장제에서의 독립은 성공할 수 없다. 설사 경제력이 있다 해도 말이다. 이것이 실패로 끝난 미러링에서 얻은 값비싼 교훈이다.

그건 나의 권력이 아니었어

"여자의 피부는 권력이다"

　2007년 9월 TV에서 이 화장품 광고를 봤을 때 카피라이터로서 질투가 났다. '저 카피를 내가 썼어야 하는데!' 군더더기 없이 핵심을 꿰뚫었다고 생각했다. 당시 나는 '페뷸러스'한 '섹스 앤 더 시티'의 시민으로서 저 명제에 동의했다. 때마침 세상도 능력 있고 자기관리 잘하는 '골드미스'의 등장을 두 팔 벌려 환영하고 있었다. 스타벅스 커피 마신다고 '된장녀'라고 후려칠 땐 언제고 왜 갑자기 30대 직장인 싱글 여성을 추켜세우는 거지? 광고회사에 다니면서도 시장의 속셈을 알아차리지 못했다. 그저 나 자신이 누구보다 '쿨하고 매력적인 골드미스'가 되어야 했다.

'직급도 연봉도 올라갔어. 대학 갓 졸업했을 때의 풋내기가 아니라고!'

남자의 돈이 아닌 나의 돈으로 사고 싶은 걸 사는 것. 이 것이야말로 엄마 세대가 쟁취하지 못했던 자기결정권이라고 믿었다. 주체적으로 비싼 화장품을 사고, 주체적으로 피부 관리를 받고, 주체적으로 다이어트를 하며 '유능하고 잘 놀고 예쁘기까지 한 나'를 완성하는 데서 오는 만족감, 희열이 엄청났다. 이건 내가 나를 사랑하는 방식이야. 남자들한테 잘 보이고 싶은 생각 없어! 사람들의 관심과 칭찬과 호의는 부록처럼 자연스럽게 따라오는 것이었다.

하지만 서른 후반에 접어들자 자신감은 위기감, 불안감에 빠르게 자리를 내주었다. 당시 나는 짧은 결혼 생활을 끝내고 다시 혼자가 된 참이었다. 그런데 마흔이 된다고? 누군가의 아내도, 여자친구도 아닌 상태로? 내 명의로 된 집 한 채 없는 무주택자로? 그때까지 마흔 이후 여성의 삶은 생각해본 적 없고 TV 예능 프로에서 본 40대 싱글 여성은 안문숙 씨밖에 떠오르지 않았다. 30대는 20대와 묶이기도 하고 육체적으로나 직업적으로나 황금기라고 볼 수 있지만, 40대는 아니다. 내가 향유했던 외모권력을 잃어버린다는 뜻이자 세상이 여자로 봐주지 않는 '아줌마'의 시기에 접어든다는 뜻이다. 더 이상 성적 대상이 되지 못하는 무성의 존재로.

　그럼 나의 노후는 어떻게 되는 거지? 아무에게도 사랑
받거나 선택받지 못하고 박스 줍는 노인이 되는 건가? 전
문직이 아닌 이상 여성의 경제 수명은 남자의 그것보다 훨
씬 짧다. 남성에게 기득권과 선택권이 있는 가부장제 사회
는 욕망당하고 초이스당한 여성이 결혼이라는 제도 안에서
그나마 보호받고 살아남도록 설계되어 있다. 마흔을 앞두
고 결혼과 성적 매력, 어느 것 하나 유효한 패가 남지 않았
다는 데 생각이 미치자 20대가 끝나는 것과는 차원이 다른,
우울이라기보다 공포에 가까운 감정이 엄습했다.

　나는 그 어느 때보다 다이어트에 몰입했다. 머릿속에 각
인된 '아줌마'의 이미지와 최대한 멀어지는 방법은 일단 마
르는 것이었다. 원래 평균 체중이었지만 미용 체중이 필
요했다. 감량은 시술이나 성형보다 위험부담이 적기도 했
다. 탄수화물 메뉴를 제한하고 먹는 양을 극단적으로 줄였
다. 운동? 근육량을 늘리는 건 일단 살을 뺀 후의 얘기다.
걸그룹 멤버의 식단을 참고하며 절대 그걸 넘지 않았다. 서
른 후반의 직장 여성이 카메라 앞에 서는 게 직업인 10대,
20대 여성을 레퍼런스 삼는다는 게 얼마나 기형적인가? 하
지만 그건 중요하지 않았다. 남들은 절대 모를 테니까. 세
상에 보여지는 건 군살 없이 슬림한 나의 몸뿐이니까.

20대 때도 가져본 적 없는 48킬로가 목표였다. 키가 167센티인 사람의 표준체중이 60.3킬로인 건 아무 의미 없는 정보였다. 하루에도 몇 번씩 체중계에 올라갔다. 김희애도 이런다잖아. 좀 많이 먹었다 싶을 땐 손가락을 밀어 넣어 먹은 걸 토해내기도 했다. 김희애도 이럴 거야. 이 나이에 감량하려면 어쩔 수 없어. 거식증만 아니면 돼. 날씬하단 소릴 들을 때마다, 거울에 줄어든 허벅지를 비춰볼 때마다 차오르는 자기 만능감은 죄책감을 덮었다. 마침내 40킬로 대에 진입하자 잃어버린 여성성을 어느 정도 되찾은 느낌이었다.

그러는 사이 2016년 강남역 살인사건이 터졌다. "여자라서 죽었다!" 여성혐오적 현실의 도끼가 나를 포함, 수많은 한국 여성을 내리찍었다. 나는 마흔이 되던 해 늦깎이 페미니스트가 되었다. 하지만 몸과 몸무게에 대한 은밀한 집착은 페미니스트로 정체화한 후에도 계속됐다. 그냥 페미니스트로는 부족했으니까. 쿨하고 매력적인 골드미스는 쿨하고 매력적인 페미니스트가 되어야만 했다. 어떻게 만든 저 체중인데! 지금까지 페미니즘이 대중화될 수 없었던 건 진보 정당이나 운동권처럼 충분히 매력적이지 못했기 때문이야! 남자들이 갖고 싶지만 가질 수 없는 '썅년', 여자가 봐도 멋있는 '센 언니'야말로 보다 진보한, 보다 강력한 페미니스트인 것 같았다.

그러기 위해선 다이어트, 메이크업, 미용실, 왁싱, 피부과 어느 것 하나 놓을 수 없었다. 이미 시작된 노화의 징후를 지우고 가리기 위해 꾸밈 노동의 강도며 비용은 더 올라가야만 했다. 40대 여성이 패싱되지 않고 가시화되려면, 비혼 여성 롤모델을 찾는 20대, 30대에게 희망을 보여주려면, 사회적 성취는 물론이고 케이트 블란쳇 같은 스타일을 유지해야 해! 하지만 현실은 커리어 유지하기도 버거웠다. 언제까지 버틸 수 있을까? 언제까지 아줌마가 아닌 매력적인 페미니스트로 존재할 수 있을까? 과거의 찬사와 평가는 오히려 감옥이 됐다. 내 경쟁력 혹은 상품성을 잃고 싶지 않은 욕망, 스스로 높여놓은 기준은 시간이 갈수록 숨통과 통장 잔고를 조여왔다. 여성해방운동인 페미니즘에 입문하고서도 나는 조금도 해방되지 못했던 것이다.

이걸 깨닫게 해준 건 10대, 20대 여성들이 주도하는 '탈코르셋' 운동이었다. 숏컷을 넘어 삭발을 하고 화장품을 부수고 원피스를 찢고 그것들을 소셜미디어상에 인증하는 방식이 처음엔 과격하게 느껴졌다. '뭘 저렇게까지 해?' 하지만 뒤이어 터져 나오는 학생들의 증언, 초등학교 때부터 꾸밈 압박을 받으며 화장을 하지 않으면 친구들 사이에서 소외되고 맨얼굴로 밖에 나갈 수 없어 마스크를 쓴다는 이야기들은 '강남역 살인사건'과는 또 다른 도끼가 되어 나를 내리찍었다. 메이크업이 일탈이었던 내 세대와 달리, 현재의 1020에겐 꾸미지 않는 것이 저항이자 용기가 필요한 일이 되어버렸다. 달콤한 소비주의에 빠져 나의 몸, 나의 아름다움에만 과몰입해 있던 사이, 이 세상은 어린 여성에게 어떤 곳이 된 거지?

그제야 편의점만큼 많은 거리의 뷰티숍들이 무얼 의미하는지 정확히 이해되었다. 세계가 놀라는 '뷰티 산업 강국'의 실체는 바로 '꾸밈 억압 강국'이었다. 이 견고한 성채에 나는 얼마만큼의 벽돌을 쌓았던가. 광고회사에 입사한 후 만들었던 수많은 화장품 광고, 차음료 광고, 쇼핑몰 광고, 속옷 광고에서 '지금 당장 이 제품으로 이 배우만큼 아름다워져라! 저 모델만큼 날씬해져라!' 때론 사탕발림하고 때론 불안을 팔지 않았던가. 같은 방식으로 나 역시 패션 잡지에 영화에 드라마에 예능 프로에 360도 포위, 설득 당했다. 그렇게 주체적 꾸밈에 한껏 취해 졸라맨 건 나만의 코르셋이 아니었다. 나의 그것을 전시함으로써 주위 동료와 후배들, 거리며 지하철에서 마주친 불특정 다수의 여성들, 온라인 친구들의 코르셋까지 함께 옥죄었던 셈이다. 서로가 서로의 채찍이 되어 어린 세대에게서 '꾸미지 않을 자유'를 빼앗을 때까지.

지난해 8월 5일, 광화문에서 열린 불법촬영 편파수사 반대 시위에 참석했다. 시위의 절정에 이르러 삭발 퍼포먼스가 진행됐다. 여성이라 겪게 되는 차별과 범죄를 국가가 방조, 조장하는 현실에 항의하기 위해 남성 중심 사회가 만들어낸 '여성성'을 스스로 제거해버리는 의식이었다. 한 지원자는 심지어 취업 준비생이었다. 외모가 스펙인 시대에 그가 어떤 심정으로 삭발을 선택했는지 짐작도 할 수 없었다. 치렁치렁한 머리카락이 후두둑 바닥에 떨어지는 걸 보는 것만으로도 내 눈엔 눈물이 맺혔지만 마이크를 잡은 그의 목소리는 놀랍도록 단단했다. 성적 대상이 아닌 평등한 인간으로 존재하고 싶다는 그의 외침이 깃발처럼 나부꼈다. 그때였을 것이다. 내가 그토록 잃고 싶지 않았던 '여성성'이 무엇인지 직시하게 된 순간이.

나의 피부, 나의 꾸밈. 그것은 결코 나의 권력이 아니었다. 돈과 시간과 에너지를 투자한 외모는 중요한 승진에서 기혼남에게 밀렸을 때 나를 지켜주지 못했다. 프리랜서로 일할 때도 날씬하고 보기 좋다고 일 하나 더 받지 않았다. 남자들은 술자리에서 옆자리는 내어줘도 돈이 되는 기회는 내어주지 않았다. 외모권력이란 말은 그래서 모순된다. 권력은 초이스를 하는 쪽에 있지 초이스를 받는 쪽에 있지 않기 때문이다. 여성의 외모권력은 허상이며 타인에게 성적으로 욕망당하고 싶은 욕망 역시 온전한 나의 것이 아니다. 나를 포함한 많은 여성들이 내 안에 내면화한 남성의 시선, 남성의 욕망을 나의 욕망으로 착각한 채 살고 있다. 그만큼 우리는 다른 욕망을 가져본 적이 없다. '탈코르셋'은 그저 머리를 자르고 화장을 안 하는 것이 아니라 이것을 깨닫는 고통스러운 과정이다. 성적 대상화에 몰두했던 사람일수록 이 의미를 잘 이해한다.

처음엔 부채의식과 연대감으로 동참한 '탈코르셋'은 내 일상에 예상치 못한 변화를 가져왔다. 페미니즘에 입문하고도 느끼지 못했던 거대한 해방감을 이제야 느끼게 된 것이다. 아침에 일어나 집을 나서는 일이 이렇게 간단하다니. 거울 볼 때마다 페이스 리프팅 받을 시기를 계산하지 않아도 된다니. 무엇보다 남자들의 시선이나 관심을 못 받는다고 세상 잃은 것처럼 우울해하지 않을 수 있다니! 혼자 있을 때조차 머리 위를 맴돌며 내 몸 구석구석을 찍고 평가하던 드론을 박살 낸 듯한 통쾌함이다. 한편으론 허탈감, 배신감도 느껴졌다. 남자들은 평생 이런 외모 강박 없는 자유로운 상태로 살아가겠구나. 꾸밈에 돈을 탕진할 일도 없겠구나. 그러나 이 모든 걸 압도하는 감정은 안도감이다. 지금이라도 아름다움, 젊음이라는 소모적 랠리에서 벗어나 정말 중요한 목표에 집중할 수 있게 됐다는 안도감. 물론 더 빨리 각성했다면 좋았겠지만 남은 인생 동안 더 이상 거울 앞에 묶여 있지 않아도 된다는 게 얼마나 다행인지, 얼마나 힘이 되는지 모른다. 목소리를 내고 실천하는 1020 여성분들에게 미안하고 고맙다.

빡센 메이크업과 킬힐로 다 죽이는 비치? 섹시한 비키니를 입은 플러스 사이즈 모델? 어떤 스타일, 어떤 체형이든 이 '꾸밈의 굿판' 안에서 아무리 싸워봐야 여자는 승자가 될 수 없다. 언제나 더 어리고 더 잘 팔리는 여자로 대체될 뿐이다. 남성 중심 사회가 정말 두려워하는 건 이 비밀을 알아채버린 여자, 그리하여 쉽게 통제 가능한 '여성성'을 수행하지 않는 여자가 늘어나는 것이다. 뷰티 산업 강국한국에서 지금 '탈코르셋'이 운동이자 저항인 이유다.

여성 대표라서 가능했다

광고대행사에서 시작, 광고 프로덕션 대표를 거쳐 프리랜서에 이르는 동안 셀 수 없이 많은 광고 아이디어를 냈다. 그중 99.9%는 내부 회의와 광고주 보고 과정에서 죽어서 아이디어의 무덤으로 갔다. 넉넉잡아 0.1%의 아이디어만이 실제 광고로 만들어졌다. 바늘구멍 같은 확률을 뚫고 세상에 나온 최종 결과물도 아이디어 단계와 사뭇 다르게 마련이다. 제작 과정에 관여하는 사람의 수만큼 다양한 수정 사항이 생기기 때문이다. 마지막까지 짜깁기된 '최최최최최최최종편'도 회장님의 한마디에 '처음부터 다시!'가 되는 일이 허다하다.

그런 일을 20년 가까이 겪어온 사람으로서 기적은 다른

게 아니다. 내가 낸 광고 아이디어, 내가 쓴 카피가 광고주에게 '한 번에' 팔리고 그게 '그대로' CF로 만들어지는 일이 기적이다. 그것도 내가 정말 팔고 싶어 하는 바로 그 시안으로!

페미니즘에 눈뜬 이후로 여성주의 관점을 광고 아이디어에 반영하기 위해 노력했다. 나의 선택이자 직업인으로서 나를 키운 업종이 '부드럽게 여성을 죽이는 도구'로서 강력하게 기능했다는 사실을 소화하기란 쉽지 않았다. 기혼 여성 스스로가 자신이 가부장제 부역자임을 인지, 인정하는 것이 뼈아픈 것처럼 말이다. 당장 손 털고 나올 수 없으므로 그 속에서 해야 할 일, 할 수 있는 일을 하고 싶었다. 일단 아이디어를 낼 때마다 밥하는 엄마, 돈 버는 아빠 같은 고정된 성 역할을 바꾼다거나 여자의 적은 여자, 민폐 끼치는 여자, 맹한 여자 등의 고착화된 여성혐오적 설정을 뺐다. 습관처럼 제시하던 여성 성적 대상화 아이디어도 더는 내지 않았다. 회의 자리에서는 성차별적이거나 여성혐오적 광고를 예로 들며 무엇이 문제인지 지적했다. 더 이상 이러면 큰일 난다고. 장사 안 된다고. 그러면서 슬며시 내 아이디어를 들이밀었다. 이것이 현재 소비의 85% 이상을 차지하는 여성들의 모습이고 생각이고 원하는 바라고 말이다. 하지만 돌아오는 반응은 대개 이런 식이었다. "이러면 광고적 재미가 덜한 것 같은데요?" "광고주가 별로 안 좋아할 것 같아요" "실장님 페미니스트인 건 알지만……" 여성주의적 광고 한 편을 TV에 노출시키려는 나의 노력은 번번이 무산되었다.

그러던 중 D광고대행사 제작팀으로부터 화장품 경쟁 PT를 도와달란 연락을 받았다. 반드시 이겨야 할 PT나 중요한 프로젝트가 있을 때 외부에서 신선한 관점과 해결책을 제시하는 것. 프리랜서 카피라이터로서 내가 맡은 역할이다. 이 업계를 모르는 이들은 카피라이터가 광고 문구 쓰는 사람이라고 생각하지만 실제로는 생각의 설계사에 가깝다. 브랜드나 제품이 안고 있는 문제를 어떻게 바라보고, 어떻게 접근하고, 어떻게 해결할 것인지 사고의 틀을 잡는 사람. 언어, 카피는 그 설계도대로 집을 튼튼하게 쌓아 올리는 벽돌일 뿐이다. 생각의 설계도면이 없거나 부실하면 광고는 힘 있게 서지 못하고 모래성처럼 사라지게 마련이다. 당신이 기억하는 쉽고 간결한 빅아이디어일수록 신의 계시처럼 우연히 찾아오지 않는다. 그 쉽고 간결함 이면엔 경쟁사, 타깃, 시장 상황, 시대적 맥락에 대한 치열한 계산 과정이 숨어 있다. 생각을 벼르고 별러 사람들을 관통할 수 있는 뾰족한 화살촉으로 만드는 것. 이것이야말로 광고 커뮤니케이션의 핵심이다.

"티핑 포인트가 필요해!"

경쟁 PT 주인공인 I화장품은 품질은 좋으나 인지도, 호감도가 그에 미치지 못하는 상황. 길거리 뷰티숍 내 중소 브랜드 경쟁도 더욱 치열해지고 있어 I화장품에겐 대책이 필요했다. 기존 광고대행사인 D기획으로서도 광고주를 놓쳐선 안 된다는 부담이 있었다. K뷰티가 스마트폰 못지않은 글로벌 수출 산업으로 덩치가 커지면서 광고비 많이 쓰는 코스메틱 브랜드가 주요 광고주가 된 지 오래다. 립글로스 하나, 수분크림 하나의 폭발력이 엄청난 만큼 이슈화되기 위한 광고 마케팅의 강도 역시 나날이 세지고 있다. 게다가 광고뿐 아닌 각종 동영상 콘텐츠 간의 선정성, 자극성 전쟁도 한창 아닌가? 우리 화장품 품질 좋다, 써보면 안다 정도의 온화한 접근으로는 어림없었다. 어떻게 크지 않은 비용으로 I화장품의 목소리가 들리게 할 것인가? 사실 전문 광고인도 해결하기 어려운 숙제다. 킥오프 회의 내내 난감해하는 분위기가 이어졌다. 그때 내 귀를 솔깃하게 만든 건 여성 기업가이자 나와 같은 카피라이터 출신이라는 I화장품 대표에 관한 대목이었다. 닷컴 붐과 함께 광고회사를 박차고 나와 2000년 최초의 여성 커뮤니티 사이트를 만들었던 사람이라고? 싹을 틔워볼 만한 씨앗 하나를 발견한 기분이었다.

여러 광고대행사가 각자의 전략과 크리에이티브를 펼쳐 놓는 경쟁 PT의 장점은 그날 그 자리에서 CEO의 마음에 들기만 하면 게임 끝이란 것이다. 평소 같은 '수정의 수정의 수정'을 부르는 보고 과정을 거치지 않아도 된다는 뜻이다. 집으로 돌아와 생각할수록 이번이 기회라는 느낌이 왔다. 여성주의적 광고로 승부를 볼 기회! 당시 I화장품의 문제는 '존재감, 개성의 부재'였다. 이것을 해결하는 데 필요한 건 기능을 강조하는 단품 광고가 아닌, 확실한 의견을 제시하는 브랜드 광고라고 판단했다. I화장품의 브랜드 콘셉트는 '화학적 유해 성분이 전혀 들어 있지 않은 천연 화장품'. 여기서 추출한 '안전함'이란 키워드, 2016년 한국 여성의 현실, 여성 대표의 이력 등의 재료를 가지고 생각의 설계도를 그리기 시작했다.

"보면서 눈물 났어요, 실장님!"

며칠에 걸쳐 작업한 크리에이티브를 설명하는 자리에서 파워포인트 마지막 페이지를 넘겼을 때, 여자 디자이너가 말했다. 화장품이란 제품 특성상 담당 제작팀장, 기획팀장 모두 여자였고 팀원들도 여자가 많았다. '카피 쓰면서 저도 울었어요.' 나는 속으로 맞장구쳤다.

"2000년에서 2016년, 이 나라는 선영이에게 덜 해로운 곳이 되었나요?"

정말 전하고 싶은 메시지는 이것이었다. 이 카피는 어떤 수정도 없이 경쟁 PT 시안으로 만들어졌고, I화장품 대표의 박수를 받으며 경쟁 PT에서 승리했고, 얼마 뒤 실제 광고로 만들어졌다. 어떤 변수나 수정이 생기진 않을까? 마지막까지 마음 졸였던 나는 TV를 보며 또 한 번 울컥했다.

왜 2000년의 선영이가 2016년에 다시 호출된 걸까? '82년생 김지영'만큼 귀에 익은 이름 선영이는 21세기의 시작과 함께 서울 주요 거리를 도배했던 전단지의 주인공이다. '선영아 사랑해'는 I화장품 대표가 여성 커뮤니티 런칭 당시 진행했던 옥외 광고이자 한국 최초의 바이럴 캠페인으로 손꼽힌다. 2016년 강남역 살인사건 이후 한국 페미니즘이 리부트된 것처럼, 여성에게 새로운 네트(세상)가 열렸음을 선포한 '선영아 사랑해'를 리부트하는 것, 그리고 여자라는 이유로 생존을 위협받는 2016년 선영이의 안전을 묻는 것. 이것이 광고주와 소비자, 모두의 마음을 관통하기 위해 벼른 나의 화살촉이었고 기적은 이루어졌다. 마침내 머릿속에 그렸던 설계도 그대로 광고가 세상에 나오게 됐으니까.

광고가 나가자마자 여성 커뮤니티를 중심으로 반향이 일었다. "감동이다"에서 "선영이는 사랑 따윈 필요 없다!"까지 반응도 다양했다. "선영아 다 죽여"라는 패러디 카피가 트렌드가 되는가 하면, 한국 최초의 '펨버타이징Feminism+Advertising'으로 신문에 소개되기도 했다. 광고의 이슈화와 함께 판매량도 껑충 뛰었다는 소식도 들려왔다. 여성을 성적 대상화하거나 코르셋을 꽉꽉 조이는 자극적인 광고가 아니라도 성공할 수 있다는 사례를 만든 것이다. 이걸 본 다른 광고주들이 여성주의적 크리에이티브를 채택할 가능성을 높인 셈이다. 대한민국 광고대상을 받았을 때보다 더 뿌듯하고 감격적이었다.

남자가 최종 결정권자였다면 가능했을까? 아무리 나의 카피가 좋아도, 아무리 D기획에서 시안을 잘 만들고 PT를 잘해도, 오랜 클라이언트 경험으로 비춰봤을 때 남자 대표였다면 선뜻 이 광고안을 고르지 않았을 것이다. 이 기적에서 신의 한 수는 최종 결정권자가 여성이라는 사실이다. 강남역 살인사건을 기점으로 가시화된 여성혐오, 여성의 실질적 안전과 생존이 위협받는 현실 인식과 공감은 여성 대표였기에 가능한 일이었다.

결정권자의 성별이 광고에 미치는 영향에 대한 또 하나의 예를 들어보겠다. 2016년 여름, H그룹 광고 제작 초반에 참여했다. 2015년부터 시작한 기업 PR 캠페인을 이어가는 것이 과제였고 광고대행사 아이디어 회의에 나는 이런 안을 가지고 갔다. 회의실에서 누구보다 적극적으로 질문하고 날카롭게 반박하는 직장 여성의 모습이 고속촬영으로 보여진다. 그 위에 이런 카피가 붙는다.

"시들지 않는다. 지지 않는다. 쉽게 잘려나가지 않는다. 나는 꽃이 아니다, 불꽃이다."

당시 이 아이디어는 채택되지 않았다. 광고주 보고까지 가지도 않았을 것이다. 왜일까? 나에게 일을 의뢰했던 광고대행사 제작팀 중에 여자 직원은 없었다. 이 일을 오래 하다 보면 눈썹 움직임만으로도 상대의 호불호를 읽을 수 있다. '나는 꽃이 아니다, 불꽃이다'라는 메시지는 남자들에게 별다른 감흥을 주지 못했다. 나름 회심의 작업이 묻히는 게 아쉬워 SNS에 올린 것이 여성들로부터 폭발적인 지지를 얻었다. 그 후 '나는 꽃이 아니다, 불꽃이다'는 자연스럽게 가종 여성 시위 구호로 등장하기 시작했고, 2018년 초에는 숙명여대 여성학 동아리의 페미니즘 지하철 광고에 쓰이기도 했다. 용기당의 슬로건 '우리는 서로의 용기가 될 거야'와 함께 한국의 페미니즘 대중화 페이지에 기록될 문장이 된 것이다. 광고회사, 광고주가 사지 않았던 카피가 공감하는 여성들로 인해 구조되고 생명을 얻는 과정을 지켜보는 건 완전히 새로운 경험이었다. 오죽했으면 유명 드라마 작가도 저 문장을 자신의 블록버스터 드라마 대사로 가져다 썼을까?

최근엔 화장품 광고가 조금씩 달라지는 게 보인다. 주근깨가 있거나 플러스 사이즈인 모델을 기용하고 자신의 외모를 긍정하자는 '보디 포지티브' 메시지도 늘었다. 변화는 여성이 주고객인 제품군부터 서서히 시작되고 있다. 트렌드에 민감한 기업들은 여성의 자기결정권을 내세워 소비를 부추기는 방식으로 전환할 것이다. 이를 두고 미국식 시장 페미니즘의 범람을 우려하는 목소리가 있는 것도 안다. 하지만 범람이라기에 아직은 한국 미디어에 노출되는 여성의 다양성과 우먼 임파워링은 이슬 맺히는 수준이다. 더 살집 있는 여자, 더 주름 많은 여자, 더 똑똑한 여자, 더 근육질의 여자, 더 권력 있는 여자…… 아직까지 광고에서 보지 못한 여자들이 더 많다. 지금 각성한 야망 있는 20대가 결정권자의 자리에 올라 여성의 관점에서 만족스러운 아이디어와 메시지를 승인하는 날이 올 때까지 좀 더 두고 봐도 늦지 않다. 우리에겐 보다 다양한 여성의 모습을 미디어를 통해 다음 세대에게 보여줄 책임이 있다.

단절되지 말자

"선배에게 광고가 그렇게 중요한 줄 몰랐어요."

네트워킹 소홀로 인한 일가뭄 때문에 한동안 우울증에 시달렸다는 글을 쓴 적이 있다. 그걸 본 친한 후배가 의외라는 듯 말했다. 내가 가게도 잘 운영하고 해서 카피라이터라는 직업에 그렇게 애착이 있는 줄 몰랐다는 것이다. 사실 나 자신도 몰랐다, 이 정도인 줄은. 아마 그 후배처럼 계속 회사를 다니고 있다면, 월급이란 걸 받고 있다면 달랐을 수도 있다. 하지만 뒷배도 안전망도 없는 '바깥' 생활을 다년간 경험하면서 배운 게 있다. 첫째는 지나치다 싶을 만큼 외향적, 사교적, 능동적, 긍정적이지 않은 사람은 회사를 관둬선 안 된다는 것과 둘째는 설령 외향적, 사교적, 능동적, 긍정적인 사람이 독립했다 해도 그를 활용한 인맥과 사교만으론 부족하다는 것. 존엄을 지키면서도 확실한 밥줄이 될 수 있는 건 나 자신의 '전문성'밖에 없다는 사실이다.

회사는 내가 없어도 돌아가게 마련이다. 스티브 잡스도 대체 가능하다. 그럼에도 불구하고 확실한 자기 분야가 있어야 한다. 예를 들면 '김진아=광고 전문가'라는 단순한 공식을 주위에 각인시켜야 한다. 내가 실제로 하는 일이 더 많다 해도 상대의 입장을 생각해보자. 공을 여러 개 던져서는 상대가 한 개도 받기 힘들다. 여기서 상대는 내게 일을 주는 사람이다. 조직에 속해 있을 땐 일과 월급이 알아서 주어지지만 자기 회사를 차리거나 프리랜서가 됐을 땐 내게 일을 의뢰하는 사람, 클라이언트가 필요하다. 그리고 클라이언트가 일을 주는 과정은 우리 생각보다 단순하다. 그들도 월급 받으며 일하는 사람들이다. 그리 깊게 고민하지 않는단 뜻이다. "이것 잘하는 사람을 부릅시다" 했을 때 그 자리에 있는 사람들 머릿속에 혹은 검색에 즉각적으로 떠오르는 '이것' 전문가 A, B, C 중에 들어가면 된다. 이중 스케줄과 가격이 맞는 네임드, 전문가에게 일이 간다. 입금이 된다. 이렇게 전문성은 내 수입의 안정성, 지속성과 직결된다.

첫 가게를 오픈하고 너무 신이 나서 이걸 잊어버렸더랬다. 10여 년을 거의 매일 야근과 경쟁과 아이디어 고갈에 시달리게 만든 광고가 지겹기도 했다. 가게 일이 바쁘다는 핑계로 광고 일을 거절한 적도 있다. 어차피 돈 벌려고 일하는 건데 더 자유롭고 재미있는 쪽이 낫잖아? 광고 그만하고 싶어! 사표 쓸 궁리만 하는 직장인과 다름없었다. 10여 년을 거의 매일 야근과 경쟁과 아이디어 고갈에 시달리며 힘들게 쌓아온 전문가로서의 존재감을 스스로 허무는 건지도 모르고.

5, 6년을 광고회사 AE로 일하다 마카롱 만들기에 푹 빠져 몇 년을 연습하고 유학까지 다녀와 마카롱숍을 오픈한 친구가 있다. B2C보다는 B2B, 납품과 케이터링에 초점을 맞춰 착실하게 성장하고 있다. 그와 나의 차이점은 전문성, 핵심 기술 유무에 있다. 그는 나 같은 그냥 사장이 아니다. 스스로 파티시에, 마카롱 전문가가 된 거다. 일자리가 부족한 청년층, 고용 시장에서 밀려난 중장년층이 한데 몰려드는 한국식 비전문가형 자영업 구조는 높은 임대료와 카드 수수료, 젠트리피케이션, 과잉 경쟁, 급변하는 유행 등과 뒤엉켜 최소한의 직업적 안정성도 확보하지 못하고 있다. 3년 이상 살아남기가 힘들다 보니 초기 인테리어 비용을 아끼기 위한 노출 콘크리트, 아예 '가난 레트로'를 콘셉트로 한 공간까지 생겨나는 판이다. 여기서 전문성은 또 한 번 실종돼버린다. 백종원이 구제해주는 것도 한계가 있다.

이 모든 것의 원인은 고용 불안정이다. 산업 구조 자체가 온라인, 기술 중심으로 바뀌고 있기 때문에 일자리 부족과 자영업 위기는 경제지표와 상관없이 계속 악화될 것이다. 한국고용정보원 자료(2017년)에 따르면, 20대 후반 69.6%인 여성고용률은 30대 후반 56.5%로 떨어진다. 30대 후반 여성 10명 중 3명이 비정규직이며 이 비율은 50대 후반으로 가면 50%가 넘는다. 임금은 50대 남성의 50%를 받을 뿐이다. 이미 고용차별, 임금차별을 겪고 있는 여성에겐 그렇기에 전문성이 더욱 절실하다. 단순노동과 구분되는 전문성을 가져야 여성은 경력단절, 나이차별로 인한 저임금의 늪에서 스스로를 구할 수 있다.

요즘 10대 여성분들을 만날 기회가 있으면 "미안해하지 말고 부모님 등골 최대한 뽑아먹어라" "의학 전문 대학원이나 로스쿨까지 가라"고 말한다. 되도록이면 문과보다 이과, 뷰티보다 IT, 공대 쪽으로 가라고. 전통적 '여초' 업계가 아닌 다양한 분야로 뻗어나가 노동의 대가가 후려쳐지지 않는 여성의 수가 훨씬 많아져야 한다. 성차별적 구조와 제도를 바꿔나가는 것과 병행되어야 하는 개인의 과제다. 물론 머지않아 기계가 인간을 대체하고 의사, 변호사란 직업도 소멸될 것이다. 그렇다고 그때까지 손 놓고 있을 것인가? 한 명의 여자라도 더 경제적 독립을 이뤄내야 한다. 그래야 여성이 결혼이라는 가부장제와 분리될 수 있다.

30대엔 회사 임원 정도 되어야 성공하는 거라고 생각했다. 하지만 조직에서 독립하고 프리랜서가 되고 나선 그런 식의 성공과 거리가 멀어졌다. 성실하고 유능한 친구들처럼 책을 쓰고 작가의 길을 가지도 않았다. 딱히 이룬 게 없는 것 같아 초등학교 때 은사님을 찾아뵙는 것도 미루고 있었다. 그러다 얼마 전 모 브랜드 캠페인에 참여해달라는 제안을 받았다. 익숙한 한국의 광고대행사나 프로덕션이 아닌 일본에서 날아온 러브콜이었다. 그것도 내가 세계에서 가장 좋아하고, 일하고 싶어 했던 글로벌 광고 에이전시에서! 한국 여성을 타깃으로 한 프로젝트라 특별히 나의 도움이 필요하다고 했다. 예스! 신입사원 합격 통지를 받았을 때처럼 기뻤다. 내 전문성을 놓지 않고 일을 계속했기 때문에, 꾸준히 포트폴리오를 이어나갔기 때문에 이런 기회가 온 것이다. 전문 분야 외 영어를 훈련하는 건 그래서 중요하다. 국내 수요가 부족할 때, 기술 발전으로 갈수록 업무 장벽이 낮아지는 세계 시장은 좋은 대안이 될 수 있다.

아이디어 내는 걸 좋아한다. 무작정 웃기거나 기상천외한 아이디어보다는 시대의 흐름을 읽고 거기서 인사이트를 추출, 제품 혹은 브랜드와 설득력 있게 연결하는 것. 내가 가장 잘하는 일이다. 공감이 중요 포인트인 박카스 CF

를 꽤 오래 진행할 수 있었던 것도 그 때문이다. 이번 프로젝트에서도 외국인으로 구성된 제작팀을 위해 한국과 한국 여성에 대한 이해를 돕고 한국 여성을 임파워링할 수 있는 방법을 함께 고민하고 있다. 성인지 감수성 차원에서의 실수를 예방하는 것도 내 역할 중 하나다. 잠깐, 나 좀 멋있지 않아? 이 정도면 선생님 찾아뵙고 자랑할 만하지 않아? 남자였으면 동네방네 떠들고 다녔을 거라고! 또 까먹을 뻔했다. 이렇게 계속하는 것만으로도 나는 잘했다. 페미니즘을 광고로, 매스미디어로 연결시키기 위해 이 일을 계속하고 싶다. 계속할 것이다. 그게 내가 이룰 수 있는 성공이리라.

공직자 여성 공천 50% 법안이 현실화되고 기업으로까지 확대되어간다면 지금 각성한 10대, 20대 여성 중 얼마나 많은 국회의원, 임원이 나올까? 상상만 해도 신난다. 그들이 그 자리에 갈 때까지 내 전문성을 포기하지 않고 진도를 조금이라도 나가는 것. 이건 앞서가는 세대로서 해야 할 일이기도 하다. 비단 여성계, 육아와 병행하기 좋은 여성 친화적 일자리뿐 아니라 다양한 분야에서 여성이 자기 자리와 성과를 이어가야 한다. 내 유전자를 잇는 것만큼 중요한 일일지 모른다. 우리 단절되지 말자.

우먼소셜클럽이 필요하다

하루 종일 회사에서 시간을 보내는데 왜 퇴근 후에 술을 같이 마시는 거지? 주 5일도 차고 넘치는데 왜 주말까지 만나 골프를 치는 거지? 학교 졸업한 지 그리 오래되지도 않았는데 왜 그렇게 동문회에 집착하지? 멀쩡한 직급 놔두고 왜 상사를 '형님'이라고 부르는 거지?

막상 회사에 다닐 때 이 의문들은 정말 궁금하다기보다 '이해할 수 없음'의 영역이었다. 고작해야 무리 지어 놀기 좋아하는 남자의 속성 정도로 해석했다. 물론 저런 식의 친목 도모가 사내 정치의 일환이라는 건 알았지만 그때까지만 해도 나는 기업의 합리성을 신뢰했다. 그래도 조직은 실력이 뛰어난 사람을 알아보고 기회를 줄 거야. 남녀를 떠나 이윤의 극대화를 추구하니까! 한편으론 그렇게 믿고 싶기도 했다. 성격상 내겐 인맥 관리가 강점이 아닌 약점으로 작용하리라는 걸 알았기 때문에.

'그럴 바엔 일을 더 잘하자!'

힘들게 약점을 보완하느니 강점을 강화하는 쪽이 더 빠르고 효과적이라는 얘길 어느 마케팅 책에선가 읽고 한결 마음이 편해졌다. 그리고 무엇보다 중요한 건, 여자는 자기가 만들고 싶다고 인맥, 라인을 의도대로 만들 수 있는 게 아니란 사실이다. 조직 안팎의 힘 있는 사람, 임원급, 팀장급을 비롯 같은 팀 내 사수까지 대부분이 남자고 이들을 상대로 여자 직원인 내가 사교적인 행동을 했을 때 이것은 다른 시그널, 즉 '그린 라이트'로 오해받을 확률이 높다. 회식 자리에만 열심히 참석해도 문제가 생길 수 있다. 권력을 가진 남성과 여성 사이에 어떤 식으로 위계가 작동하는지 굳이 안태근 전 검사장의 후배 검사 성추행, 안희정 전 도지사의 비서관 성폭행 사건 등을 예로 들지 않더라도 여자들은 경험을 통해 이미 알고 있다. 나 역시 사회초년생이었을 당시 회사 임원과 팀장급 기혼남이 동시에 추근대는 상황을 겪은 뒤론 섣불리 '보이즈클럽'의 문을 두드리지 않게 됐다.

그런 만큼 여자 선배, 동료와의 연대가 절실했지만 여성에게 할당된 윗자리가 몇 개 안 되는 상황에선 견제의 분위기가 은은했다. 내부 경쟁이 치열한 광고회사의 특성도 있었을 것이다. 딱히 끌어줄 만한 영향력 있는 여자 임원도 없었다. 경쟁 PT와 야근의 나날이 이어지는 동안 임신, 출산, 육아와 씨름하던 여자 동료들은 하나둘 떠나갔다. 자리를 지키던 여자 선배들은 만혼, 건강 이상, 명예퇴직 셋 중 하나의 이유로 사라졌다. 취직은 그렇게나 어렵더니 관두는 건 시시할 만큼 쉬웠다. 마흔 이후에도 살아남은 진정한 슈퍼우먼들은 애석하게도 여자 팀원보다 남자 팀원을 더 예뻐하고 챙겨주곤 했다. 괴물과 싸우다 괴물이 되듯, 남성 중심 조직에서 싸우다 보면 명예남성이 되어버리기도 한다. 그런다고 해도 임원으로 승진하기는 어렵다. 주위의 이런저런 사례를 보면서 어느 순간 나는 목적이 분명한 인맥 관리에서 자연스럽게 손을 떼게 되었다. 이건 내가 잘할 수 있는 영역이 아니야.

반면 남자들은 물 만난 고기 같았다. 직장 생활을 하면서 받은 큰 충격 중 하나는 남자들에게 애교가 무척이나 많다는 거였다. 술이 좀 들어가면 남자 상사 앞에서 걸그룹 애교보다 더한 그것이 튀어나왔다. 전혀 안 그럴 것 같은 사람에게도 형님을 향한 필살기 한두 개쯤은 숨어 있었다. 여자들은 안중에도 없어 보였다. 나의 상식을 배반하는 장면 연출에 웃음 반 비웃음 반 넘어갔지만, 지금 생각하면 전혀 웃을 수 없다. 형님들에게 예쁨 받기 위한 몸부림의 단계를 지나, 인생의 쓸쓸함과 밥벌이의 치사함에 대한 자기연민, 죄의식의 공감대를 이루고, 마침내 서로의 허물을 덮고 핥아주는 저것은…… 저것이야말로 사랑이구나! 남자가 정말 인정하고 정말 사랑하는 건 남자로구나! 한심하다고 생각했던 그들만의 무리 지어 놀기. 인맥 '관리'의 차원이 아닌, 공적 관계를 사적 교류로 전유하기. 이것이 남성 연대의 핵심이었다. 골프장에서, 등산로에서, 3차로 간 술집에서, 사우나에서, 룸살롱에서…… 중요한 회사의 결정은 정작 회사 밖에서, 업무 시간 외에 이루어지고 있었다. 내가 믿었던 '합리적 기업'은 이런 결정들에 의해 움직이고 있었다.

이 과정에서 여자를 끼워주지 않는다기보다 대등한 경쟁 상대라는 인식조차 없다고 봐야 한다. 그들끼리의 자리 싸움으로 충분하다고 생각하는 남자들에게 여자 구성원은 애초에 중요 변수가 아니다. 입사하기 전부터 제치고 들어가는 존재, 결혼하고 애 낳으면 알아서 사라져주는 들러리다. 비록 자기 와이프는 육아와 직장 생활을 병행하는 만능 로봇이길 바라지만 말이다. 그럼에도 아득바득 버티고 살아남아 팀장 자리라도 차지한 여자는 눈엣가시이자 공공의 적이 된다. 이 사안에 있어서 만큼은 반목하던 남자들까지 대동단결해 여자 팀장이 더 이상 치고 올라가지 못하도록 방해 작전을 펼친다. 따돌림, 음해, 뒤통수 치기, 덫놓기 등 온갖 술수가 다 동원된다. 애교만 많은 게 아니었다. 내가 목격한 남자들의 시기, 질투 또한 혀를 내두를 정도였다.

'일 줄 때 일 잘하는 사람보다 일하기 편한 사람을 찾는 법이다.'

이제야 오래전 남자 동기가 해준 말을 제대로 이해할 수 있다. 저 문장은 '일 잘하는 여자보다 일하기 편한 남자를 찾는 법이다'로 바꿔도 무방하다. 일하기 편하다는 건 서먹함 없이 친하다는 뜻이다. 하지만 건조하게 일만 같이해서는 친해지기 힘들다. 일 외적으로 술도 같이 먹고 땀도 같이 흘리고 지속적인 관계의 스킨십이 있어야 친해질 수 있다. 이쯤에서 다시 한번 상기해보자. 일을 줄 정도의 위치에 있는 사람은 거의 남자다. 인맥 관리가 앞서 말한 '지속적인 관계의 스킨십'이라면 과연 여자에게 승산이 있을까? 오히려 위험부담이 있지 않을까? 일을 주는 사람이 여자라 하더라도 많은 경우 여자도 여자보다 남자를 더 신뢰한다.

조직 안에서뿐만 아니라 조직 밖에서 프리랜서로 일할 때도 상황은 크게 다르지 않다. 특히 여성 프리랜서의 경우

자격증 있는 전문직이나 업계 내 소수의 확실한 네임드 정도 돼야 일이 알아서 들어온다. 그 외는 어지간히 발 넓고 사교적인 성격 아니고서야 돈 되는 일감 따기가 쉽지 않다. 수입을 유지하기 위해 싼 일을 여러 개 해내다 보면 삶의 질과 체력은 떨어지게 마련이다. 그래도 '못하는 인맥 관리보다 일을 더 잘하자!'며 버티던 여성 프리랜서들은 경력이 쌓일수록 일감은 줄어드는 기이한 현상을 겪게 된다. 왜 그러지? 내가 뭘 잘못했나? '네고'를 안 해줘서 그런가? 너무 자책할 필요 없다. 어느 순간부터 클라이언트들은 더 이상 고분고분하지 않은 나를 대신할 몸값 싸고 어린 여성 프리랜서들을 찾고 있을 뿐이니까. 이렇게 40을 기점으로 여자에겐 꾸준히 해오던 일도 가변적인 것이 된다. 반면 남자 프리랜서는 탄탄한 남성 연대를 기반으로 40부터 전성기가 시작된다. 2030 여성들이 프리랜서 전선에 뛰어들면서 간과하기 쉬운 사실인데, 여성의 평균수명은 남성보다 길지만 프리랜서로서의 수명은 훨씬 짧다.

이것이 울프소셜클럽에서 '콘엦팅Ctrl+F+ting'을 열게 된 배경이다. 울프는 평소엔 카페&바 형태로 운영되지만 짚고 넘어가야 할 사회적 이슈가 있거나 공유할 만한 관심사가 있을 때 비정기적으로 소셜 프로그램을 진행하곤 한다. 공간을 구상할 때부터 여성의 다양한 목소리를 담아내는 것이 목표 중 하나였다. '콘엦팅'은 단축키 'Ctrl+F'에 미팅의 '-ting'을 조합한 네이밍으로 'F'는 여성Female, 프리랜서Freelancer, 찾기Find를 의미한다. 즉 '다양한 분야의 여성 프리랜서들끼리 서로를 발견하는 만남'인 것이다.

고용 악화, 노동시장 유연화로 인해 비정규직, 계약직, 외주, 용역 등 불완전 고용 상태의 노동이 증가하고 이와 함께 개인 창작자, 프리랜서의 숫자도 빠르게 늘어나고 있다. 서울에 집중적으로 거주하는 프리랜서 인구 중 여성의 비율이 남성보다 높게 나타나며 이는 여성의 정규직 취업이 더욱 어려운 현실을 반영한다. 조직 밖에서 혼자 작업하는 여성 프리랜서들에게 불안정한 수입만큼 문제가 되는 것은 사회적 고립이다. 몸담은 조직이 없다는 것은 동료가 없다는 것이고, 네트워크가 없다는 것이고, 최전방의 스크럼을 확보하지 못한다는 것이다. 이는 업무 단절이나 불합리한 처우로 곧잘 이어진다. 파편화되고 조직화되지 못한, 각기 다른 분야의 여성 프리랜서들이 한자리에 모인다면 어떨까? 각자의 작업을 탐색하고 협업을 모색하며 동료로서 서로가 서로를 '발견'한다면 어떨까?

프리랜서가 된 후 내가 접한 현실과 고민들이 단초가 되었다. 하지만 기획부터 실행까지 혼자 해내야 한다고 생각하자 좀처럼 몸이 움직이지 않았다. 아무리 아이디어가 좋아도 실행력이 따르지 않으면 소용없다는 걸 경험을 통해 잘 알았기 때문이다. 그렇게 한동안 뭉그적거리고 있는데 "왜 혼자 다 하려고 해?"란 친구의 말에 정신이 번쩍 들었다. 그래, 내가 왜 이걸 혼자 하려고 했지? 이거야말로 다른 사람과 함께해야 하는 거잖아! 당장 SNS에서 눈여겨보던 두 명의 여성 프리랜서에게 도움을 구했다. 디자인 스튜디오 '오늘의 풍경'을 운영하고 있는 신인아 그래픽디자이너와 사진, 일러스트, 영상 등 다양한 미디어로 기록 작업을 하고 있는 전소영 작가가 합류했다. 각기 다른 영역에서 활동하는 프리랜서 3인의 시너지가 더해지자 단초만 있던 아이디어의 결이 풍성해지고 속도가 붙는 건 당연했다.

온라인에서 행사 홍보를 시작하자마자 호응이 뜨거웠다. 예상대로 여성 프리랜서의 숫자만큼이나 갈증도 크다는 걸 알 수 있었다. 순식간에 지원자들이 몰렸고 우린 분야의 다양성, 경력을 기준으로 20명을 선정했다. '새로운 일! 큰일! 돈 되는 일!'이란 슬로건 아래 단순한 친목보다는 '누가 어떤 분야에서 어떤 작업을 했는지' 소개하는 데 초점을 맞출 계획이었다. 나와 다른 능력을 가진 동료를 찾게 되면 혼자선 할 수 없었던 프로젝트가 가능해지고 그것이야말로 '콘셉팅'의 진짜 목적이기 때문이다. 그래픽디자이너, 웹디자이너, 영상 디자이너, 가구 디자이너, 콘텐츠 기획자, 일

러스트레이터, 번역가, 사진작가, 카피라이터, 배우 등 참
가자들에게 각자의 작업을 보여줄 수 있는 이미지를 부탁
했다.

　2017년 7월 14일 늦은 오후, 울프소셜클럽은 여성 프리
랜서들로 가득 찼다. 처음 보는 사이라 초반엔 서먹함이 감
돌았지만 본격적으로 '3분 피칭'이 시작되자 분위기가 달
라졌다. 자신이 만든, 혹은 참여한 작업물을 화면에 띄우고
3분 동안 본인의 경력과 능력, 관심 분야, 협업이 필요한 분
야 등을 최대한 어필하는 것이 콘엣팅 3분 피칭의 포인트!
평소엔 접하기 힘든 다른 프리랜서들의 작업을 하나씩 보
고 듣는 동안 공간의 온도가 점점 올라가더니 발표가 끝난
뒤엔 마치 오래 알았던 사람들처럼 자연스럽게 어울릴 수
있었다. 관심 있는 참가자에게 먼저 다가가 명함을 주고 즉
석에서 협업 논의가 이루어지기도 했다. '3분 피칭'을 통해
얻게 된 신뢰감과 친밀감 덕분이었지만 여자들끼리라 가능
했던 것도 있다. 여성 프리랜서들의 첫 번째 네트워킹 파티
'콘엣팅'은 그렇게 안전하고 깔끔하게 마무리됐다.

　그날 이후 참석했던 프리랜서 분들이 공유할 만한 자신
의 작업을 알려주시곤 한다. 그러면 기쁜 마음으로 SNS에
서 소개하고 나눈다. 서로가 서로의 PR 우먼이 되어주는
식이다. 가장 기분 좋은 건 참가자들끼리 알아서 협업을 했

다는 소식이 들려올 때다. 보다 안정적인 일감과 비용 지급을 위해 공공기관, 공기업 등과 실력 있는 여성 프리랜서들이 직접 매칭되는 방향으로 나아가면 얼마나 더 좋을까? 성차별, 성폭력 없는 여성 노동 안정 정책으로서 가능성 있지 않을까? 말만 그럴듯하지 실은 20대 '골목식당' 사장만 양산하는 청년 스타트업, 마을 재생 사업 외에도 정부의 지원과 관심이 필요한 곳이 바로 여기 있다.

이런 것들을 요구하고 얻어내려면 아무리 뛰어난 능력자라도 혼자 힘으론 불가능하다. 여성은 여성을 찾고 여성과 연결되어야 한다. 아이언 펜스로 둘러쳐진 보이즈클럽에 맞서는 데 우먼소셜클럽만큼 효과적인 것은 없다. 조직 안에서든 조직 밖에서든 마찬가지다. 여성의 취약점이 네트워킹이란 말은 이것을 두려워하는 자들의 프레임일 뿐이다. 우리는 모이지 못하도록 너무 오랫동안 방해받아왔고 지금도 방해받고 있다. 2018년 지난해 남자 대학생들이 민주주의 절차인 투표를 빌려 총여학생회 폐지를 결정하는 걸 보라. 하지만 해체와 분산의 요구가 노골적일수록 연대 의지는 단단해진다. 여성 디자이너, 여성 일러스트레이터, 여성 게이머, 여성 IT 인력, 여성 스몰 비즈니스 오너, 래디컬 페미니스트 등 최근 분야별, 관심별 여성 모임들이 이례 없이 활발하게 조직되고 있다. 여기서 희망을 본다. 여성 연대를 이루는 것은 여성 서사를 소비하는 것만큼이나 훈련과 실전이 필요한 일이며 내일로 미룰 수 없는 오늘의 과제다. 새로운 일, 큰일, 돈 되는 일을 위해, 해방, 공존, 존엄을 위해 우린 반드시 '코넥팅' 되어야 한다.

정치를 합시다

"내 편을 만들었어요."

변화무쌍한 광고회사를 20년째 다니고 있는 여성 크리에이티브 디렉터에게 커리어를 지속할 수 있는 비결을 물었을 때 돌아온 대답이다. 비결이랄 것도 없는 지극히 평범한 상식. 하지만 저 말을 들은 순간 어디론가 숨고 싶어졌다. 정확히 내가 실패한 지점이었기 때문이다.

"늘 잘할 수 없잖아요. 제가 사고를 치거나 위에 좀 들이받아도 주위에서 '그래도 쟤 괜찮은 애다' 말해주는 사람들이 있어야 해요. 내 편이 있어야 위기를 돌파할 수 있어요."

나는 반대에 가까웠다. 잘하니까 혼자 실력으로 돌파할 수 있다고 자만했다. 야망에 비해 유연함이 부족했달까?

한마디로 정치적이지 못했다. 사람들은 정치를 혐오한다. 누가 정치적이라고 하면 부정 평가로 생각한다. 나를 포함한 모두가 그런 줄 알았는데 알고 보니 아니었다. 대부분의 남자들은 정치를 자연스럽게 받아들이고 있었다. 마치 방귀나 노화처럼 피할 수 없는 현상으로.

강한 자에게 약하고 약한 자에게 강한 것? 힘 있는 쪽에 붙는 것? 이건 정치의 본질이 아니다. 정치의 사전적 의미는 '권력을 획득하고 유지하며 행사하는 활동, 인간다운 삶을 영위하기 위해 상호 간의 이해를 조정하며 사회질서를 바로잡는 행위'다. 없으면 큰일 나는 일이다. 잘못은 정치를 오염시킨 이들에게 있지 정치는 죄가 없다. 그런데 왜 나는 '사내 정치'에 그토록 손사래를 쳤을까? '라인'에 왜 그렇게 거부감을 가졌을까? 그것 자체가 도덕적 결함이나 적폐는 아닌데 말이다.

회사에 다니는 동안 나는 개인 플레이를 고수했다. 여성, 남성 어느 쪽도 나의 준거집단이 되지 못했다. 여자들은 조직 생활에서 닮지 말아야 할 극복의 대상이었고 남자들은 언제 공격해올지 모르는 경계의 대상이었다. 일을 잘하고 누구도 함부로 대하진 못했지만 끌어주는 선배도, 받쳐주는 후배도 없었다. 내 편이 없는 상태. 무리에서 떨어진 사자는 더 이상 위협적이지 않다.

자의식이 강하고 독립적인 여성이 빠지기 쉬운 함정이다. 하지만 자의식이 강하고 독립적인 여성이 자신을 지키기 위해 가장 중요한 것은 경제 활동을 안정적으로 이어가는 일이다. 고립은 여기에 치명적이다. 고양이 엉덩이 두드리며 집에만 있고 싶은 마음은 이해하지만 다른 누구도 아닌 나의 이익과 생존을 위해 장기적, 전략적으로 내 편을 만들어야 한다. 여성에게 정치야말로 선택이 아닌 필수다. 현재 4, 50대 여성의 준거집단은 여성이 아닐 확률이 높지만 10대, 20대는 다르다. 페미니즘 리부트를 관통하며 여성으로서의 자기 인식과 연대감을 동시에 쌓아가고 있는 10대, 20대 여성들은 기회도 미래도 여성에게서 찾을 수 있다. 여자들이 서로의 편이 되어주는 여성 정치가 가능하다.

정치란 말의 무게가 너무 무겁다면 송은이 라인을, 그와 함께 기회를 만드는 여성 코미디언들을 떠올려보자. 사회성, 사교성이 뛰어나지 않아도 괜찮다. 특히 모두와 절친이 되려는 건 최악의 방법이다. '나는 너에게 적대적이지 않다'는 신호를 가끔 보내는 선에서 거리감을 유지해도 의외로 관계는 유지된다. 그렇게 가장 중요한 나의 에너지를 아끼고 잘 배분해야 일도 관계도 지속가능하다.

취향, 성향이 맞지 않는다고 잘라내면 결국 아무도 주위에 남지 않는다는 사실도 명심하자. 비위가 약한 여자들은 알아서 고립돼주고 그거야말로 조직이 바라는 바다. 부당함을 넘겨서는 안 되지만 웬만한 다름은 봐 넘기는 관대함이 필요하다. 나를 포함한 여성의 파이를 지킨다는 공동의 목표만 공유한다면 같은 팀이 될 수 있다.

지난해 말, 나는 주한 미국 대사관의 추천으로 IVLP(International Visitors Leadership Program)에 선정되었다. 프로그램의 주제가 'Women in Entrepreneurship(여성 창업·사업가)'였고 나는 페미니즘 공간 대표로 참여하게 되었다. 전세계 53개국 여성 리더들과 함께 미국 여러 도시를 돌며 주제와 관련된 기관, 기업, 커뮤니티를 방문했다. 워싱턴 공무원, 각 지자체 인사들은 물론 여성 사업가, 자원봉사자, 학생에 이르기까지 다양한 현지인을 만날 수 있는 기회였다. 미국 중앙 정부와 각 주의 관계, 어떤 식으로 창업 지원이 이루어지는지, 어떻게 에코 시스템이 작동하는지 등을 목격하는 일은 흥미로웠다. 하지만 무엇보다 내게 새로웠던 건 53명의 여성과 꼬박 3주를 붙어 있는 경험 그 자체였다.

교육기업 CEO, 업사이클링 회사 CEO, 에코 시스템 디렉터, 소셜 벤처 매니저, 스타트업 인큐베이터, 프리랜서 조합 대표, 나와 같은 스몰 비즈니스 오너에 작은 도시의 시장까지 국적도 문화도 달랐지만 '일하는 여성'이라는 공통점 하나로 충분했다. 단체 활동이 익숙지 않은 나 역시 여성의 사회적 지위와 경제적 독립이라는 목표를 공유하는 이들 속에 빠르게 녹아들었다. 우리는 함께 미국 시스템의 저력을 부러워하고 한계를 지적하고 아이디어를 얻었다. 여기서의 경험을 어떻게 각자의 일에 접목시킬지 끊임없이 이야기했다. 각기 다른 분야의 전문가들이 한자리에 모이다 보니 얻을 수 있는 리소스의 스펙트럼이 엄청났다. 이것들을 연결시키면 어떤 임팩트를 만들 수 있을까?

그들 중 몇 명과는 정말 친구라고 할 만한 사이가 되었고 각자의 나라로 돌아온 지금, 우리는 함께 글로벌 프로젝트를 구상 중에 있다. 계획대로라면 올가을 프랑스 보르도에서 러시아, 루마니아, 프랑스, 콜롬비아, 한국의 여성 리더들이 기획, 진행하는 첫 번째 글로벌 부트 캠프가 열리게 된다. 여성 창업가에게 필요한 파이낸싱&네트워킹 자원을 단시간에 집중 제공하는 프로그램. 세계 여러 나라 여성들이 정신적, 물리적 국경을 넘어 자신의 경제 영토를 확장할 수 있는 플랫폼 구축이 목표다. 우리가 얻은 귀한 경험과 자원을 다른 여성들도 얻어갈 걸 생각하면 벌써부터 흥분된다. IVLP 동료들과 함께하며 나의 영토 또한 넓어지고 있다.

여성혐오에서 벗어난 다음엔 정치 혐오에서 벗어나야 한

다. '여자도 자기 라인 만드는 게 필요하다'는 의제에 '남자가 되려는 것인가? 실망이다' 식의 반응을 보았다. 낯설지 않다. 사회적으로 강요되는 여성성, 성적 대상화에 저항하기 위해 숏컷을 하고 편한 옷을 입는 여자들도 같은 반발에 부딪힌다. 이건 남자가 되려는 게 아니다. 남성에게 과도하게 쏠린 힘의 균형을 바로 잡는 운동, 무브먼트다. '견제받지 않는 권력은 부패한다'는 말은 남성 연대에도 똑같이 적용된다. 지금 터져 나오고 있는 웹하드 카르텔, 강간 약물 카르텔 등은 부패한 남성 권력의 찌꺼기들이다. 이 부당거래를 당사자인 남성의 손으로 끝낼 수 있을 것 같은가? 여성 의원을 지지하고 여성 관련 법안을 통과시키듯 여성 스스로가 각자 서 있는 자리에서 견제 세력이 되어야 한다. 혼자는 위협적이지 않다. 라인을 만들고 세력을 키우자. 나부터 끌어주는 선배, 받쳐주는 후배가 되자. 여성 노조를 만들자. 우리는 서로의 편이다.

늑대여자를 위해

"남자는 다 늑대다."

한국의 딸들은 인생의 첫 번째 남자인 아버지에게조차 이런 경고를 받으며 자란다. 아버지는 동료, 후배 남자들을 변화시키기보다 자기 울타리 안 여성을 단속시킨다. 가정 뿐 아니라 학교, 미디어 등에서도 마찬가지다. 남자는 길들여지지 않는 존재, 조심해야 할 포식자로 직간접적으로 묘사된다. 남성의 본능은 폭넓게 이해되고 빈번하게 면죄부가 주어진다. 여자들은 그런 사례와 함께 성장하며 남성의 폭력성과 함께 여성의 약자성 또한 자연스럽게 수긍하게 된다. 농담이든 욕설이든 떠도는 말에는 주술적 효과가 있다.

울프소셜클럽의 울프를 사람들은 곧잘 늑대라고 생각한

다. 그도 그럴 것이 로고에 늑대 일러스트가 그려져 있다. 그런데 'O'가 하나 더 있네요? 스펠링이 틀린 건가요? 물어보는 분들도 있다. 울프는 영국의 대표적인 모더니즘 작가이자 페미니즘에서 빼놓을 수 없는 버지니아 울프Virginia Woolf에서 따온 이름이다. 하지만 체 게바라만큼 소비될 대로 된 버지니아 울프의 포트레이트를 쓸 생각은 없었다. 대신 동음어의 재미를 활용해보면 어떨까? 한국 남자에게 빼앗긴 울프, 늑대를 빼앗아 오는 거야!

최초 여성의 이름이 '에바Eva'였고 그 이름은 '늑대Vae, Woe'에서 파생됐다는 사실을 알게 된 건, 시인이자 심리분석 전문가인 클라리사 에스테스Clarissa P. Estes의 책《늑대와 함께 달리는 여인들Women Who Run With the Wolves》을 통해서였다.

건강한 늑대와 여성은 심리적으로 많은 공통점이 있다. 둘 다 예민하고 장난스럽고 희생정신이 강하다. 천성적으로 남들과 가까워지기를 원하고 호기심이 강하며 엄청난 힘과 지구력이 있다. 또 매우 직관적이고 제 무리를 끔찍이도 아낀다. 끊임없이 변화하는 주변 환경에 잘 적응할 뿐 아니라 매우 씩씩하고 용감하다. 그러나 이들의 삶은 결코 평탄치 않았다. 늑대는 이리저리 내몰리기 일쑤였고 항상 학살당할 위험에 노출되었다. 오해도 많았다. 탐욕스럽고 교활하며 지나치게 호전적인 데다가 상대적으로 열등한 존재라는 낙인이 찍혔다. 늑대가 미개지를 파괴하는 이들의 표적이 되어온 것처럼, 여성 또한 그들의 본능을 말살하며 정신 속의 황무지를 없애버리려고 하는 이들의 표적이 되곤 했다. 늑대와 여성은 자기들을 오해하는 이들에게서 놀라울 정도로 비슷한 취급을 받아왔다.

— 《늑대와 함께 달리는 여인들》에서

무릎을 탁 칠 수밖에 없었다. 아주 오래전부터 여성 안의 늑대, 여성의 야성적 자아는 억누르고 교정할 대상이었던 것이다. 여성의 야성이 깨어나길 두려워한 이들은 끝내 늑대라는 말까지 빼앗아버렸다. 여자는 주로 우직하지만 날씬한 곰, 요망한 여우, 겁 많은 토끼, 잡은 물고기 등 위협적이지 않은 동물에 비유되었을 뿐이다. 결혼하지 않은 30대 여성은 특별히 '싸움에서 진 개(마케이누)'로 불리기도 한다. 그렇다면 결혼한 여성은? 싸움에 이겨 주인의 사랑을 받는 개가 된다. 여성의 애완화는 디폴트다.

박찬욱 감독이 구글에 '아가씨'를 검색했을 때 윤락업소 이미지보다 영화 속 이미지가 먼저 뜨게 하고 싶어서 영화 제목을 '아가씨'로 지었다는 일화는 유명하다. 나 역시 남자들에게 빼앗긴 늑대를 되찾기 위한 은밀한 전복을 시도

하고 싶었다. 이렇게 해서 탄생한 것이 지금의 로고다. 《늑대와 함께 달리는 여인들》을 읽은 누군가가 방문한다면, 책을 읽지 않았더라도 울프소설클럽 책꽂이에서 그 책을 발견한다면, 로고 속 늑대의 의미를 알아차리겠지? 25평도 안 되는 자그마한 가게지만 공간에 담긴 스토리를 손님들 스스로 맞춰볼 수 있도록 여기저기 힌트를 숨겨놓았다. 많은 이들이 앞다투어 하한선을 내리고 자극적, 노골적 방식으로 데시벨을 높일수록 반대로 가고 싶었다.

'밖으로 나온 자기만의 방'이란 콘셉트 위에 만들어졌지만 굳이 이름이나 간판에도 '페미니즘'을 넣지 않았다. 대신 이곳에 처음 발을 들인 순간 'More Dignity Less Bull-shit'이란 슬로건을 마주치게 된다. 이 공간에서도, 내 인생에서도 Dignity, 존엄이 사실상 열쇠말인 셈이다. 여성이 국가, 종교, 제도, 관습 어디에도 종속되지 않고 독립된 자아로서 존엄 있게 존재하는 것이 여성주의가 아니고 무엇이겠는가. 쉽고 빠르고 편한 방편을 찾아 소위 '꿀' 빨고 싶은 생각, 울타리 안에서 길들여지고 싶은 생각이야말로 내 안의 야성과 존엄, 둘 다를 죽이는 '독'이다. 여성이 제 발로 제도, 관습 속으로 걸어 들어가게 만드는 독사과 같은 유혹. Dignity는 아직도 이 실체 없는 유혹과 싸우고 있는 나 자신이 매일 곱씹는 말이자 나를 포함하여 평생에 걸쳐 세뇌된 '반쪽 느낌'과 싸우고 있는 여성들에게 보내는 메시지다.

사람들 뇌리에 남고 또다시 걸음 하게 하려면 좋은 의도와 구호만으론 부족하다. 사진 찍기 좋은 인테리어 효과도 오래가지 못한다. 취향은 달라도 비슷한 방향을 향해 가고 있는 이들이 자발적으로 모이고 주기적으로 위안을 얻으려면 가장 우선되어야 할 것은 콘텐츠 그 자체다. 가끔 '콘엘팅' 같은 소셜 프로그램이 진행되긴 하지만 울프소셜클럽의 정체성은 카페다. 그렇다면 핵심 콘텐츠는 '맛'이 되어야 한다. 이미 포화 상태인 카페 시장에서 살아남기 위해서는 이 공간의 메시지에 동의하는 소수의 핵심 고객층 외에 다수의 일반 고객을 확보하는 것이 중요하다. 그래야만 수익을 내고 존재할 수 있기 때문이다.

유동 인구가 많은 번화가도, 접근성이 좋은 상권도 아닌 북한남동까지 기꺼이 찾아올 만한 매력을 가진 아이템. 스타벅스, 폴바셋 같은 대기업 프랜차이즈에서 할 수 없는 경험이 필요했다. 나 자신이 파티시에나 바리스타 출신이 아니므로 가장 먼저 한 일은 사람을 찾는 것이었다. 함께 일하고 싶은 실력의 소유자이자 울프소셜클럽을 오픈한다고 했을 때 기꺼이 합류해준 한승희 바리스타를 비롯, 단정하면서도 색깔 있는 파이를 만드는 황미애 파티시에, 아르바이트생까지 전부 여자를 뽑았다. 광고계에서 일할 때만 해도 성격상 남자와 일하는 게 더 편하다고 생각했다. 실제로도 남자 디자이너, 남자 CF감독, 남자 편집실장, 남자 녹음실장, 남자 PD 등등 거의 모든 직군에서 남자를 더 신뢰했다. 그가 이미 잘나가서, 잘한다고 업계에 소문이 나서, 매너가 좋아서? 내면화된 남성 선호 외에 특별한 근거는 없었다. 내가 여자면서도 왜 업계에 여자 실장급이 없을까? 여자와 일해야 하지 않을까? 같은 의문도 갖지 않았다.

공간을 3년째 운영하면서 가장 감사하게 생각하는 일은 뒤늦게라도 여자와 함께 일하는 기쁨을 알게 됐다는 것, 좋은 여자 동료를 얻었다는 사실이다. 의심의 가드를 내리고 여성의 능력과 자생력을 믿기 시작하면서부터 마음의 짐은 물론 육체노동의 짐까지 얼마나 덜게 됐는지 모른다. 남자와 동업을 할 때와는 비교도 할 수 없는 든든함이다. 그들의 아이디어와 손맛 덕분에 버터크림헤븐라테, 키라임파이 같은 울프소셜클럽만의 경쟁력을 갖게 됐다. 공간에 의미를 부여한 건 나지만 매일 생명을 불어넣는 건 여자 동료들의 힘이다. 앞으로도 나는 직원은 무조건 여성을 뽑을 참이다. 이건 절대 역차별이 아니다. 반평생을 남성 숭배 속에 살아온 사람이라면 남은 인생 동안 '묻지 마 여성 지지'를 해야 얼추 균형이 맞지 않겠는가.

늑대여자를 위해

지금 이 글을 쓰는 동안에도 이수역 근처 맥줏집에서 여성 두 명이 남자 다섯 명으로부터 폭행당하는 일이 벌어졌다. 공공장소에서 여성이 화장을 하지 않고 머리가 짧다는 이유로 조롱, 폭력에 노출된 이 사건은 2016년 강남역 살인사건 이후 하나도 달라지지 않은, 심지어 더욱 일상화된 여성 억압과 증오를 보여준다는 점에서 충격적이다. 이 뉴스를 접한 여성들은 "머리가 길면 성폭행, 머리가 짧으면 폭행"이라며 분노하고 있다. 평소 지하철에서 페미니즘 책을 읽을 때나 카페에서 성차별 이슈를 이야기할 때, '이러다 누가 쫓아와서 해치지 않을까?' 자기도 모르게 움츠러든다는 고백들이 줄을 잇고 있다.

"여기서는 마음껏 이야기할 수 있어서 좋다!"

울프소셜클럽에 관한 기억나는 후기 중 하나다. 이곳에선 안전하다는 믿음. 실제로 신변의 위험 없이, 눈치 볼 필요 없이 분노하고 토론하기 위해 울프소셜클럽을 찾는 이들이 적지 않다. 뒤집어 말하면 바깥세상엔 그럴 수 없는, 안심할 수 없는 공간이 거의 대부분이란 뜻이 된다. 여성 스스로가 자신을 검열하고 보이지 않는 히잡을 쓰도록 강요하는 폭력성이 공기 중에 떠돌고 있다. 나와 비슷한 이를 만나기 위해, 서로의 안위를 확인하고 용기를 북돋우기 위해 울프소셜클럽까지 먼 걸음 하는 여성이 많다는 사실은 기쁜 동시에 슬프다. 분노할 권리, 꾸미지 않을 자유는 울프소셜클럽뿐 아니라 모든 곳에서 당연해야 하기 때문이다.

이 권리와 자유가 억압당하지 않는 날, 더 이상 여성 몫의 파이를 되돌려달라고 소리칠 필요가 없는 날, 어느 식당이나 맥줏집에 가도 마음껏 이야기할 수 있는 날, 더 이상 울프소셜클럽이 필요 없는 그런 날을 상상해본다. 부디 할머니가 되기 전에 현실로 만들 수 있기를. 뒤에 올 세대에게 반성문 대신 무용담을 들려줄 수 있기를. 그때까진 여자답게 예쁘게 말하지 않는 여성, 남성 카르텔이 허용한 여성이길 거부한 여성, 야성과 존엄을 잃지 않는 늑대여자들을 위한 연대의 공간을 지켜가고 싶다.

이민경

《우리에겐 언어가 필요하다》《잃어버린 임금을 찾아서》저자

책 서두에 잠깐 나온 '비혼의 방은 집이 될 수 있는가'로 토론을 벌인 날을 떠올리니, 마음속에 투쟁심과 반가운 연결감이 차오른다. 한남동 김진아의 존재가 심적인 지지대인이는 나뿐이 아니리라. 그가 책 속에서 고백하는 중산층 백인 여성에 동일시하던 '주체적 쿨걸'과는 조금 다른 기조지만 이 길에 고백건대 나 역시 '착한 여자 콤플렉스'를 벗지 못했다. 그리고 이 자리를 빌려 말하자면 온오프라인에서 그의 머리가 계절마다 짧아지는 모습을 보는 게 재미있고 멋지다 생각한다. 나도 그처럼 매 계절 짧아지는 머리로 자기 자신이기를 포기하지 않는 여성들의 곁에 선다.

전주에서 여성들을 만나 남성을 향하던 사랑을 여성에게 돌리는 전략과 타협 없음에 대해 이야기하고 돌아가는 기차 안에서 그의 글을 읽는 지금, 우리가 서로 다른 삶의 궤

적을 거쳐 같은 지점에서 같은 것을 옹호하며 각자와 서로를 지키고 있음을 느낀다. 한때 나를 상대하고 나를 위하기 싫어 타인에게 나를 바치고 나를 학대하는 길에 동참하게 하고 그것을 사랑이라 말하던 여성들이 자신을 사랑하는 마음으로 타인을 사랑할 때, 자신의 파이를 희생하는 대신 다른 여성의 파이를 지키기 위한 싸움을 북돋을 때, 사랑과 도덕과 평화와 야망은 어느 하나 탈락될 이유 없이 모두 한 곳에 자리할 것이라 믿는다. 현실에서 나에겐 김진아가 만든 울프가 바로 그런 공간으로 남아 있다. 김진아의, 그 곁의 모든 여성들의 더 많은 쟁취를 기원한다.

나는 내 파이를 구할 뿐
인류를 구하러 온 게 아니라고

초판 1쇄 발행   2019년 4월 8일
초판 12쇄 발행   2022년 5월 11일

지은이   김진아
책임편집   나희영
디자인   주수현

펴낸곳   (주)바다출판사
주소   서울시 종로구 자하문로 287
전화   322-3675(편집), 322-3575(마케팅)
팩스   322-3858
E-mail   badabooks@daum.net
홈페이지   www.badabooks.co.kr

© 김진아

ISBN   979-11-89932-08-4 03800